Kotobuki Yasukiyo
寿安清
イラスト：ジョンディー
アラフォー賢者の
異世界生活日記
ZERO
—ソード・アンド・ソーサリス・ワールド—

ゼロス
カノン
メンマ

ササナ
ケモさん
テッド
ガンテツ
アド
Full Moon

「さて、始めようか……」
大迫《おおさこ》 聡《さとし》
WKS
ゲーム機である【ドリーム・ワークス】の電源を入れ、
フルフェイス型のヘッドマウントディスプレイを装着し、布団に寝そべった。

Contents

プロローグ　おっさんの日常風景

薄霧が立ち込める早朝。

まだ多くの人々が眠りについているなかで、農家の人達は一斉に起き出し畑仕事に従事していた。日が完全に昇る頃には気温が上がるため、涼しいうちに除草作業や収穫を行い、日中はゆっくりと休むのである。

他の仕事と兼業している農家はなかなかこういう手法が取りづらく、近所の人達の善意によって成立しているところも少なくない。

【大迫《おおさこ》　聡《さとし》】もまた、善意で近所の農家の手伝いをしていた。

「ふぅ……この辺の除草は終わりましたよ。中村《なかむら》さん、次はどうしますか？」

「お～、あんちゃんは仕事が早いねぇ。今日はこれで終《しま》いさ」

「聡君、お疲れさまだねぇ～。よかったらウチの野菜を持っていってくれるかい？　おすそわけだよぉ～」

「あっ、これは助かります」

籠《かご》に山盛りにされた野菜を受け取る。

艶《つや》のいい夏野菜が実に美味《おい》しそうだが、一人で食べ切れるか少し悩ましい。

こうした善意は素直に嬉《うれ》しいのだが、なんというか、農家の人達は遠慮がない。

独り身の聡では持て余してしまうほど大量にくれるので、無駄にせず使い切るためにどうしたらいいのか、日々苦心していた。

これは別に迷惑と思っているわけではない。

田舎の人達の素朴でおおらかな優しさは都会にはない安らぎであり、毎日働き蟻《あり》のように忙《せわ》しなく働いていた頃には味わえなかったものだ。

サラリーマン時代は、自分が何のために働いていたのか分からなくなるほど、心に余裕がなかったように思う。

上司と部下の人間関係、現場の状況を理解せずに増やされる仕事の数々、そのスケジュール管理に追われる中で突然に下される出張命令や、別部署が担当していた企画のプランニングミーティングへの参加強制。プログラマーとして入社したはずなのに、気付けば中間管理職になっていた。

出世したと言われれば聞こえはいいが、体《てい》よく面倒事を押しつけることのできる人材だと上司に思われていた気がしてならない。事実、無茶な仕事を何度も押しつけられた記憶がある。

それでも給料が良かったので耐えられたが、金目当てで近づいてきた面倒な実姉の数々の問題行動によって、ついに退社を余儀なくされた。

亡くなった両親が残した不動産物件をいくつか所持しているので、生きていく分なら不労所得で普通より豊かな暮らしができる余裕はあるが、浪費癖のある面倒な姉に頼ってこられても困るので、あえて不自由な暮らしを偽装していた。

だが、今となっては自給自足の田舎暮らしも悪くはないと思っている。

「キュウリですか。そのまま食べるんじゃ味気ないなぁ〜」

「おんや？　また何かお洒落《しゃれ》なものを作るのかい？」

「そうですねぇ、ピクルスでも漬けてみようかと思っていますよ。まだ、やったことがないんですがねぇ」

「あんちゃんはチャレンジャーだな。息子達にも見習ってもらいたいわ」

「ハッハッハ、けどせっかくの頂き物で失敗したら目も当てられませんがね」

「そんときは仕方がねぇさ。それよりも朝飯食っていきな、そろそろ準備ができてるだろ」

田舎あるあるのひとつ、無駄に人情が厚い人達。

畑仕事を終えると、たまにこうして朝食をごちそうになることがある。

ただ、今回は既に炊飯器をセットしてきたこともあり、お呼ばれはまたの機会にしてもらった。

少し罪悪感もあったが、円滑な人間関係を築くうえであまり他人の世話を受けるのはよろしくない。中には気遣ってくれるのをいいことに図々《ずうずう》しく催促する人もいるほどだ。

この環境に慣れすぎるのも危険なので、多少の罪悪感を抱えようとも断るスタンスを取ることは必要だと、少なくとも聡自身はそう思っていた。

「申し訳ないのですが、既に炊飯器の予約を入れてましして、最近の暑さだとご飯が駄目になっちゃいそうなんで……。すみません」

「あ～、確かにここのところ暑い日が続くな。これが地球温暖化ってやつなのかねぇ～」

「なら、漬物も持っていきなさいよぉ～。いい感じにキムチができあがってるから、あとで意見を聞かせてね？」

「奥さんもチャレンジャーですね」

「あんま褒めるなよ？　こいつ、前に漬けたキムチが、なんて言ったっけかな？　デ……デロソース？　そんくらいの辛さがあったからよ。生まれて初めて病院送りにされたぜ」

「デスソース並みの辛さ!?」

辛さを示す数値であるスコヴィル値がどれほどなのか気になるキムチである。

旦那さんは酒好きで辛いものも好んで食べるタイプだが、そんな人物が病院送りになるというのはよほどのことだ。どうすればそんなキムチが作れるのだろうか。

「なんだかよく分からねぇトウガラシばっか作ってよぉ、ピーマンやシシトウが辛くなって仕方がねぇ。商品として売ることもできねぇ有様だ」

「いや、奥さん？　何のトウガラシを作っているんで？」

「ハバネロとブートジョロキアよ。おかしいかしら？」

ピーマンやシシトウはトウガラシの近縁種であり、近くでトウガラシ類を育てていると、昆虫などの受粉による花粉の配合具合で辛くなることがある。

それよりも気になることがあった。

「ちなみに……中村さんってデスソース……味わったことがあるんで？」

「あぁ………かみさんが通販で購入したんだが、ひと舐《な》めで地獄を見たぜ。ありゃぁ人間が使う調味料じゃねぇな」

「やだね～、あの程度の辛さなんて大したことがないよぉ～。まだ上にも辛いのがあるんだから、

それに比べれば蜂蜜《はちみつ》みたいなものよねぇ～

「「それ、もう人の食いもんじゃねぇ（じゃないです）よ」」

中村さんの奥さんは激辛党だった。

しかも某メーカーのオリジナルデスソースを蜂蜜と例えるほどの強者だ。

そもそもデスソースは甘くはない。

むしろ死亡事例があるほど危険な劇物である。

「あっ、なんなら聡君にも一本あげようかねぇ？」

「『も』？　今……『も』って言いましたか？　他の人にデスソースをあげたんですか!?」

「あ～、最近引っ越してきた土呂《どろ》さんの奥さんが台所にいてねぇ～、物欲しそうに何度も聞いてくるから、とっておきの一番辛いソースを一本譲ってあげたんだよぉ～」

「えっ、台所にいた？　それに一番辛いって、もしかして………サドンデスソース!?　なんでそんなものを？」

「そんなものとは酷《ひど》いよぉ～、少しばかり辛いだけよ。あの若奥さんは生活が苦しいのか、ご近所から毎日のように何かを貰《もら》ってたようだからねぇ。台所にいたときも珍しい調味料が気になったから貸してほしいって言ってたんだぁ～。よっぽど辛いものに飢えていたんだろうねぇ～」

「そういえばあの嫁さん、昨日、俺が仕事から戻ってきたときに台所で何かを探してたな……」

「それ、泥棒なのでは？　勝手に家に侵入していたんでしょうに、なんでそんなにおおらかなんですか？　警察に通報するでしょ、普通……。疑いましょうよ」

「そんなのいつものことだろ？　えっ、泥棒だったのかよ」

田舎の人の純朴さはともかく、なにやら物騒な話になってきた。

ここは田舎であり、昔ながらの近隣との付き合いが残っている地域であるが、さすがに家の中に無断で侵入して物色するようなことまではない。

そもそも、そんな行為は礼儀に欠けていると言えるし、引っ越してきたばかりという奥さんの行動はかなり怪しい。

世間一般では通報案件なのに、普通に対応しているご近所の人達は優しすぎる。

「辛いもの好きが増えると思ったから嬉しくなって、とっておきの一本を譲ってあげたんだよぉ」

「おい、お前……そのとっておきは、確か五本ほど購入していたよな？　その一本を……か？」

「手をつけたやつを貸すなんて失礼じゃないさ。だから新品をあげたんだよぉ～」

『『や、やべぇ……』』

先にも述べたが、デスソースは死亡事例もあるほどの調味料であり、それ以上の辛さのものを不用意に人へあげるのは危険すぎる。

超激辛に耐性でもなければ間違いなく病院送りだ。

それを善意でやってのける中村さんの奥さんに聡は絶句した。

程なくして救急車のサイレンの音が聞こえてくる。

「手遅れ、だったようだな……」

「救急車のサイレンなんて久しぶりに聞いたよぉ～、何かあったのかねぇ～？」

「いや、原因を作ったのは奥さんなのでは？」

「そんなはずはないよぉ〜？　一番辛いのなんて、ちょっぴり舌にピリッとくる程度だったし、大げさなことになんてならないわよぉ〜。あっはっはっ♪」

「「………」」

この世で一番恐ろしいのは、天然気質のあるこの奥さんであると気付いた聡と中村家の旦那さん。

泥棒奥さんは自業自得だが、それを無償の善意で病院送りにするのだから、天然と偶然のダブルパンチは怖いものである。

「中村さん……奥さんには気をつけてくださいよ？」

「いや、あいつは俺が激辛いものが苦手なのを知っているから、無理に薦めてくることはねぇよ。息子達もあの激辛好きには付き合いきれないのも知っているし、一人で楽しむ分にはかまわんだろ」

「泥棒奥さん……なんで朝っぱらからデスソースを口にしたんでしょうか？」

「ジャムと思ってパンにつけたんじゃねぇか？　見た目にもそれっぽいしな」

「あ〜、考えられますね。あんな毒々しいラベルなのに……」

泥棒奥さんは不法侵入のうえ勝手に家内を物色していたのにもかかわらず、悪びれることなくデスソースをジャムと勘違いしてクレクレとねだり、中村奥さんは警戒するどころか暢気《のんき》に同じ激辛党仲間と勘違いしてデスソースを渡す。

そこに見事、勘違いによる悪党撲滅コンボが完成、炸裂《さくれつ》した形だ。

「けど、サドンデスソースは口に入れる前に、カプサイシンの刺激が目に沁《し》みますよ。それなのに気付かなかったんでしょうか？」

「普通なら分かるが、あの嫁さん……普通じゃなかったからなぁ～」

「それは人間的に？　それとも普段の行動のどちらなんです？」

「両方だ」

大抵の人は良識を持って善悪の基準を判断し行動するのだろうが、中には自分の考えが世間の常識であると勘違いする者もいる。

身勝手な人間はどこにでもいる。

聡の実の姉がそうなのだから、他人事《ひとごと》には思えなかった。

「おっと、話し込んでしまいましたが、僕は家に帰るところでした。それじゃ、中村さん。今日はこのあたりで失礼します」

「お～、ご苦労さん。今日も日中はピコピコかい？」

「暑くなりそうですからね。なるべく出かけずにのんびりと過ごしたいんですよ」

「若いんだから彼女でも作ればいいじゃねぇか」

「はっはっは、もう若いなんて歳じゃないですよ。それに彼女なんて、女性に縁もないですし。それじゃ……」

こうして早朝の畑仕事を終えた聡は自転車に乗り帰宅する。

そんな彼の横を、泥棒奥さんを乗せた救急車が通り過ぎていった。

数日後、警察が泥棒奥さん宅へ捜査に入ることになるのだが、それはどうでもいい話である。

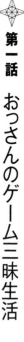

第一話　おっさんのゲーム三昧生活

四半世紀ほど前まで、家庭用ゲーム機は基本的にスタンドアロンで使用するものであり、インターネットを使用したオンラインゲームはパソコンで行うのが当たり前だった。

それから十数年、ネット回線の普及や高速化によって家庭用ゲーム機でも常時オンラインが当たり前となり、今ではバーチャルリアリティーを活用した電脳世界を多くのプレイヤーが自由に楽しむまでに至った。

技術の進歩は止《とど》まるところを知らず、五感でVR世界を体感できるようになったことをきっかけに、数多くRPGが世に出された。

【ソード・アンド・ソーサリス】もまた、そんなVRRPGのひとつである。

【フランリーデ界】と呼ばれる広大なファンタジー世界を舞台にした作品で、プレイヤー独自のアイテムすら作れてしまう自由度の高いゲームシステムと、まるで現実と間違うほど没入感満点のプレイ感覚で多くのユーザーを魅了していた。

だが、このゲームが異質なものであることを、人々《プレイヤー》は気付いていない。

【大迫《おおさこ》　聡《さとし》】――プレイヤー名【ゼロス・マーリン】もまた同様であった。


「さて、始めようか……」

ゲーム機である【ドリーム・ワークス】の電源を入れ、フルフェイス型のヘッドマウントディスプレイを装着し、布団に寝そべった。

そしてコントローラーを両手に持ち準備完了。

『このゲーム……五感でリアルに電脳空間を感じられるのに、なんで行動するときはコントローラーなんだ？　脳波で操作できなかったのかねぇ？』

かなり無茶なことを言っていることは自分でも理解しているが、電脳空間内で剣や魔法を使っているのに、手にコントローラーの質感を感じるのが奇妙で、慣れてはいるのだがプレイに違和感があった。

このあたりのことを早く改善してもらいたいと常々思っていた。

『いい時代になったもんだよ。少し前までは電脳空間にダイブできるなんていうのは、アニメや漫画の中だけの話だった……の、に………。あれ？　なんだ……何かを忘れている気が……』

聡の中で何かが引っかかった。

だが、少し考えても何が気になったのか分からずじまいで、結局面倒になり当初の予定通りにゲームを始めることにした。

「そんじゃ、ゲームスタート」

視界が一度暗転し、目の前にはゲームタイトルのロゴが大きく迫る。

ボタンを押しカラフルな色彩の映像が流れると、次に目の前に広がる光景は中世ヨーロッパのものと思《おぼ》しき建物の室内であった。

こうして今日も聡ことゼロス・マーリンのゲーム生活が始まった。

「人は、潤いなくしては人生を謳歌《おうか》できない」

そう大仰に語りだしたのは、パーティー【趣味を貫き深みに嵌《は》まる】のリーダーである通称ケモさんこと【ケモ・ラビューン】である。

彼のアバターは金髪碧眼《へきがん》の犬耳《いぬみみ》美少年獣人で、見た目年齢的には十二歳前後の子供だ。

もっともこの姿は普段から隠しており、レイド戦などの公《おおやけ》の場ではどこで手に入れてきたのか不明な外骨格フレームと仮面で外見を完全偽装し、赤い最強装備を纏《まと》って戦場を駆け抜ける。

その甲斐《かい》あってか、彼の正体は身内以外に一切バレていない。

元はテイマーであったのに、何をどう間違えたのか錬金術師となってホムンクルスの研究に没頭、そこから【大賢者】にまで到達してしまった謎の人、その一である。

ちなみに、現在の彼は素の姿である。

「潤いねぇ～……」

「そう、潤いさ。だから、今日こそこのキツネ耳と尻尾を装着してくれないかい？　絶対に似合うと思うんだ！」

「潤うのはリーダーだけでしょ？　アタシはちっとも潤わないんだけど」

「大丈夫！　これを装備すれば、その良さは嫌でも分かるよ。あまりの良さに白いビキニを着て海に飛び込むほどさ」

「【錯乱】の状態異常でも付加されてるの？　人を実験に使わないでよ。得するのはリーダーだけじゃない」

「それがなにか？」

見た目が美少年なのに、ケモさんは割とゲスだった。

自分の嗜好《しこう》のためなら仲間も泣かす。

そして他人も泣かす。

「だいたい、アタシにはエルフ耳があるのよ？　二重属性なんて不自然なだけよ」

「しまったぁ、そうだった!?」

気だるげにツッコミを入れたのは、女性ハイ・エルフのアバターである【カノン・カノン】だ。

ストレートロングの薄い青緑色の髪に、同色の瞳を持つエルフキャラで、やや切れ長の目が冷たい印象を与える凹凸のないスレンダー美人である。

眼鏡に白衣姿はどこかの医者か研究者のようで、現実世界でも研究員をしているらしいのだが、詳しい話は誰も知らない。

元は生産職の調合師であったが、魔法薬の調合を極めるためだけに【大賢者】にまで上り詰めてしまった謎の人、その二である。

例を挙げるのであれば、ステータスを大幅上昇させるが状態異常効果が加わり、アバターが奇行を始めプレイヤーが操作できなくなるとか、全裸に近くなるほどクリティカル率が引き上げられる秘薬（ＮＰＣ《ノンプレイヤーキャラクター》の好感度減少がデメリット）とか、圧倒的防御力とＨＰ超回復を与える代わりに石化するなど、メリットとデメリットが極端な魔法薬を故意に作り出すのだ。

まぁ、【趣味を貫き深みに嵌まる】は、そういった変な連中のたまり場なのだから、誰も気にすることはない。

「くそっ、カノンさんは無い乳エロエロスレンダーボディだから似合うと思っていたのに、エルフ耳という盲点があったよ！　なんで僕は忘れていたんだ」

「それはリーダーだからよ」

「どういう意味ぃ!?」

ケモミミ愛に熱い（間違いではない）ケモさんは、今日もケモミミを伝道していた。

そんな彼らの相も変わらずな光景に笑みを浮かべながら、ログインしてきたゼロスが挨拶する。

「おはようございます。ケモさん、カノンさん。朝から賑《にぎ》やかですねぇ」

「おっはぁ～、ゼロスさん。朝なのに相変わらず胡散臭《うさんくさ》いね♪」

「おはよう、ゼロスさん。アタシは朝が早いんじゃなくて、単に徹夜しただけだから少し違うわ」

「徹夜って、何してたんですか？」

「このゲームって、ダンジョンに老化トラップがあるじゃない。改良した【回春の秘薬】で元の状態に戻すの失敗したから、別の秘薬を研究してたのよ」

「老化トラップか……アレ、かなりえげつないですよねぇ。元に戻す手段がないって運営は何考えてんだか。エリクサー使っても治らないんだもんなぁ～……」

「あはは。でもさ、罠《わな》があるってことは、老化の状態異常を治す手段もあるってことだよね？　なら、それを探すのもプレイヤーの役割じゃないか」

老化トラップ――別名【玉手箱】。

【ソード・アンド・ソーサリス】の悪質な罠のひとつで、アバターの姿を老体に変えてしまう。

更に老いによるデバフ効果でステータスの低下を招き、それは永続的に続くことになる。

しかも現段階では元に戻す方法が不明なままだった。

上位錬金術師としての意地か、あるいは研究者のプライドなのか、カノンは老化の状態異常に効果のある魔法薬の研究に躍起になっていた。

この研究をしているときが一番楽しいらしい。

「それよりもカノンさん、確か今年から就職したって話してましたよねぇ？　仕事の方は大丈夫なんですか？」

「いいのよ。いくら新薬の研究レポートを提出しても、上の連中は内容を確かめようともせず握り潰《つぶ》すんだから。最近では研究費用も削減されたって聞いたわ。残業代も出ないし」

「入社して早々にその状況って、その会社……大丈夫なんですか？　不景気とか……」

「さぁ？　でも、噂《うわさ》じゃ開発部の部長が最近、羽振りがいいって話を聞いたわね。会社としては儲《もう》かってるんじゃないの？」

「それ、部長さんが横領してるだけなんじゃないの？」

「ケモさん……証拠もないのに無責任なことを言うもんじゃないでしょ。カノンさんが本気にしたらどうするんです」

「あの部長ならあり得るわね。仕事中にベタベタとアタシの体を触ろうとしてくるんだもの」

「「うわぁ～……疑惑が確信に変わりそう」」

カノンの話にどこまでリアルの真実が含まれているのか知らないが、彼女のリアルが心配になる内容だった。

聞くだけでも横領とセクハラ、もっと突っ込んで聞けばモラハラも行われている可能性が高い。

「そういえば部長……既婚者だったわね。駅近くの繁華街を若い女性と歩いていたけど、娘さんは小学生と聞いてたし奥さんにしては若かったから、いったい誰だったのかしら？」

「聞きたくない！　聞きたくなぁ～～～～いっ!!」

「リアルな話を持ち出してすみませんでした！　もうこれ以上は言わないでくれ、お願いします!!」

「……？」

ゼロスとしては日常から離れファンタジー世界を満喫することを目的としているので、外のしがらみを持ち込んでほしくはなかった。下手すると身元を特定されかねない危険もあるのだ。

まぁ、うっかり話を振ったのもゼロス自身なので、話半分で聞き流していた。

「まぁ、徹夜なら休んだほうがいいですよ。仕事もあるんでしょ？」

「そうね。少し疲れたし、ログアウトしてから寝ることにするわ」

「あの、朝食は摂《と》らないんですか？」

「ゼロスさん……世の中には、わずかな固形物で充分な栄養が摂れる食品もあるのよ？」

「なんか、君の私生活が怖くなってきたよ……。食事は摂ろうね、お願いだから」

「絶対、カノンさんの部屋の中はぐっちゃぐちゃだよ。なんか凄《すご》くズボラそうだし」

「失礼ね、多少散らかってようと、必要なものの場所さえ分かっているなら別にいいでしょ。洗濯や食事の準備も、できる人がやればいいだけよ」

『『だ、駄目な大人だった……』』

電脳世界で男性が女性型のアバターを使うことは珍しくなく、ぶっちゃけカノンがリアルでも女性かどうかは分からない。

だが、仮に本当に女性だとして、年頃の女性が自身の私生活を詳《つまび》らかにするのはいささか問題がある。

家族でもない他人が口出しするのも余計なお世話かもしれないが、この電脳世界での彼女の無防備な言動を見る限り、カノンの将来を心配せずにはいられない。

「ところで、テッド君とガンテツさんは？　まだログインしていないのかい？」

「テッド君なら墓場に死体漁《あさ》りに、ガンテツさんは秘密工房で爆発物を試作してると思うよ？　どの工房かは分からないけど」

「ガンテツさん……工房をいくつくらい持っているんですかねぇ？　僕は三ヶ所くらいしか知りませんけど」

「僕が知るだけでも、だいたい五ヶ所かな？」

「アタシも研究所なら二十ヶ所くらい所持してるわよ？　そのうちの半数は追い出されたけど」

「『そりゃ、家賃を払ってなければ追い出されるよ……』」

パーティー【趣味を貫き深みに嵌まる】は、このゲーム内で拠点を七ヶ所保有しているが、それとは別にメンバーがそれぞれ個人で借りている物件がいくつもあった。

ただし、家賃を払わなければ追い出され、そこに置いておいたアイテムも売りに出される。

こういったところは無駄に現実的だった。

「ヤバい物はパーティー拠点の倉庫に置いておいたほうがいいんじゃないのかい？」

「僕は所有しているダンジョンがあるし、特に困ることはないかな。なにしろダンジョンマスターでもあるからね☆」

「あっ……」

何かを思い出したかのような声をあげたカノン。

その時、ゼロスとケモさんの脳裏に嫌な予感が駆け抜けた。

「そういえば、処分しようと思ってた【回春の秘薬】の在庫……借りていた倉庫ごと消えちゃったわね。延長料金を振り込むのを忘れてたから」

「それ、アイテム類の全てをＮＰＣに処分されたってことじゃないですか！」

【回春の秘薬】は老化トラップの被害者を救済する目的で開発されたが、時間経過で若返った分の倍の歳を取ってしまう、最悪の副作用を秘めた薬だった。

その不良在庫がＮＰＣに回収されたことに大きな問題がある。

「これはまずいかもね。ただでさえ【回春の秘薬】は多くの犠牲者を出して、一時期は被害者パーティーの拠点が老人ホームみたいになっちゃったのに、それが倉庫の管理権限が消滅したことで再び出回ることになったら、あの悲劇が……」

「あの秘薬はゲーム内で禁制品扱いなんですよ？　僕達も処分する目的で売り捌《さば》いて、フラーファン王国では賞金首になりましたからねぇ。それをＮＰＣが勝手に売り捌きでもしたら……」

「このゲームの自由度からして、裏で密売される可能性もあるね」

「きっと国を挙げて回収してくれるわよ。じゃぁ、アタシはログアウトするわね。おやすみなさい」

爆弾を投下してカノンはログアウトしていった。

残されたケモさんとゼロスは頭を抱える。

「ケモさん……どうします？」

「これはどうしようもないよね？　カノンさんがどこの貸倉庫を借りていたのか分からないし、今さら回収に向かっても手遅れ。むしろ僕達にも身の危険が……」

「【回春の秘薬】が失敗作だと判明した時点で、売らずに処分しておけばよかったですねぇ……」

「だって、カノンさんが作ったものだよ？　処分する過程で有毒ガスとなって周囲に拡散したら、それこそ大惨事になるよ。プレイヤーの犠牲を承知で処分していかないと、倉庫のスペースを圧迫するだけだからさ」

「ゲーム内で産廃処理に苦心しなくちゃならないとは……」

生産活動をすると、どうしても出てきてしまうのが失敗作だ。

金属などは魔導錬成で分解すれば再利用可能だが、魔法薬となると処分は簡単にはいかない。

物によっては公害が発生してしまう例も少なくないのだ。

特に錬金術師は水銀なども扱うわけで、プレイヤーでなくともＮＰＣの錬金術師が有毒ガスや鉱毒被害を出したりするなど、妙に現実味のある事件が起こる。

その対応に、冒険者ギルドの依頼という形で駆り出されるのがプレイヤーなのだ。

「カノンさんも、失敗作を魔導錬成で分解処分してくれると嬉《うれ》しいんだけどね」

「ケモさんがそれを言うかね？　まぁ、彼女は片付けられない女性みたいだから、性格上無理だとは思うんですがね」

「ゼロスさん、酷《ひど》い……」

「酷いもんかね。ケモさんも知ってるでしょ、カノンさんの工房の有様を……」

「確かに……」

本人がいないところで言いたい放題。

しかし、本人も自覚しているようなので、この場にいたとしても気にすることはないだろう。

なにしろ二人が、彼女の所有していた工房の片付けに頼まれて行ってみると、そこは足の踏み場もない汚部屋だったのだから。

「カノンさん……リアルで結婚できると思う？」

「無理じゃね？」

仲間の将来を本気で心配する二人であった。

第二話　おっさんは電脳世界で旅に出る

【ソード・アンド・ソーサリス】の上位パーティーでもある【趣味を貫き深みに嵌《は》まる】の拠点は、裏路地の大型アパートをまるごと改装したもので、イベントで偶然に手に入れた物件だ。

三階建てで、一階はリーダーのケモさんが獣人族とケモミミホムンクルスによる喫茶店を経営しており、二階からはメンバーの個人部屋とアイテム類を保管する物置と化しているのだが、なぜかメンバーはあまり使用しておらず、利用者は拠点を私物化しているケモさんか、引きこもりのカノンくらいである。

地下には工房や実験室などを増設し、火災時には下水道に繋《つな》がった隠し通路から逃げられるようにもなっていたが、よく考えてみると火の手が上がるのは地下か一階の喫茶店である可能性が高いので、あまり意味はなかった。

むしろ、泥棒の侵入経路に利用される可能性の方が高い。

まぁ、これも彼らの趣味の一環なのだろう。

『このゲーム……普通に拠点へ泥棒が侵入してくるんだもんなぁ～………』

自由度の高い【ソード・アンド・ソーサリス】では、プレイヤーが他プレイヤーを襲ったりといったことが当然可能である。

更にリアルを追求した結果なのか、ＮＰＣ《ノンプレイヤーキャラクター》もまるで本当にこの世界で生きているかのような行動を行い、パーティー拠点を襲撃する盗賊や強盗、店を開ければクレーム客まで来る始末。

だが、今のところ【趣味を貫き深みに嵌まる】の拠点に侵入し、生きて帰れた泥棒はいない。

なにしろ殺意100パーセントな防犯設備が充実しているのだから。

「逆にゴーストが出没しやすいんだけどね……」

そして無駄にホラー要素も入っていたりする。

この防犯トラップに引っかかった泥棒の辿る結末は二つある。

泥棒がNPCの場合は、罠《わな》にかかると死亡しゴーストとなるのだが、そのゴーストもアンデッド対策の罠にかかって消滅するという酷《ひど》いマッチポンプ。

泥棒がプレイヤーであった場合はリスポーン地点で復活するので、ゴーストが発生することはないのだが、その代わりデスペナルティが多少重くかかってしまう。

余談だが、死亡したNPC泥棒の遺体は衛兵や憲兵に報告すれば回収してくれるので、建物内に遺体が残ることはないのだが、建物を使用する側からすれば正真正銘立派な事故物件なので、なんとも言えない嫌な気分にさせられる。

「言ってるそばから……」

壁に取り付けられた一枚の鏡に、中肉中背で白髪の冴《さ》えないおっさん魔導士が映っていた。これがゼロスのアバターである。

彼は魔導士職を極めて【大賢者】になっており、元プログラマーの技術を活用して既存の魔法を改造し、裏で販売する行商人プレイを行っていた。

またクラフト系のスキルも高く、一般的に販売されている装備品を限界ギリギリまで魔改造を施し、こっそり売り捌《さば》いていたりする。

それらの商品はプレイヤーに大好評で、ヤバい商品も含まれているにもかかわらず、他のパーティーメンバーの悪行に比べ人的被害が少ないことから、酷評する者は少なかった。

逆に言うと、ゼロスの盛大なやらかしが霞《かす》んで見えるほどに、他のメンバーの普段の行いが酷いということなのだが。

『…………そろそろ新調しようかな。装備の耐久値も落ちてきている』

ゼロスの装備はボロボロのマントにレザーアーマー、頭部にターバンと、まるでＮＰＣの盗賊のようないでたちで、巷《ちまた》では【怪しい行商人】と呼ばれていた。

似た風体のＮＰＣが大勢いるので、【隠蔽《いんぺい》】のスキルを行使すればプレイヤーであるとは誰にも分からないだろう。

大賢者というよりは隠者が正しいのかもしれない。

そして、ゼロスはそんな地味で冴えない見た目の実力者キャラをロールプレイするのが、意外に好きだった。

そんな鏡越しのゼロスの背後では、半透明の知らない男が無表情で恨めしそうに、こちら側をジッと見ていたりする。

『毎度のことだけど、あまりいい気分じゃないんだよなぁ～……』

あえて無視していたゴーストが、自分の存在に気付いたと分かったのか、唐突にゲタゲタと下品に嗤《わら》いだす。おそらくは数日前に侵入した泥棒ＮＰＣのなれの果てだと思われる。

時間をおいてゴーストとして顕在化したのだろうが、その霊生も長くは続かないだろう。

先にも述べたように拠点にはトラップが無数に仕掛けられているのだから。


――ギャァァァァァァッ!!


そしてすぐに対アンデッド仕様の浄化トラップにより退治された。

四方から放たれた魔力振動によって、哀れなゴーストは小さな魔石だけを残し、魔力の粒子となって消える運命を辿ったのである。諸行無常であった。

「生まれてきたばかりなのに、悲惨だなぁ……。しかも新記録だ」

少しばかりゴーストに同情しつつ、ゼロスは倉庫からポーションを補充し、街へと繰り出す準備を始めるのであった。

◇　◇　◇

現在ゼロス達のいる拠点は、東大陸にある【ローウラン国】の最東端にある港街、【ファンタン】だ。

よく言えば和洋折衷、悪く言えば無節操なこの街は船舶貿易のハブ港的な役割を持ち、港にはいくつもの大きな貿易船が停泊し、空には飛空船が行き交っている。

おそらくは浮遊大陸に向かうのだろう。

どこまでもリアルなその光景は、ここが本当にバーチャル空間なのか疑いたくなるほど精巧で、運営の並々ならぬこだわりが感じられた。

そのこだわりはどこまでも変態的で、裏路地に入れば怪しい店や風俗店、違法酒場まで用意されているのだからドン引きものである。良い子にはとても見せられない。

一応年齢制限は設定され、十二歳以上十八歳以下は規制プロテクトの対象となり、十九歳以上は任意で規制を解除しこの手の施設が利用可能となる仕様だ。

ゼロスは基本的にフィールドワークが好きなので、この手の施設は意図的に避けていた。

そんな裏路地に【趣味を貫き深みに嵌まる】の拠点はあり、その一階で営業しているのが喫茶店【けものの尻尾】である。

周囲の怪しい店の中にあるファンシーな喫茶店は、さすがに浮いていた。

実際の話でそっち方面の店と勘違いし来店する客もおり、そのたびにケモさんの手によって叩《たた》き出されることになる。

「ここはおさわり喫茶じゃないんだぁ、そっち目的なら他の店に行けぇ!!」

また一人、勘違いで来店した不憫《ふびん》な客の男が追い出された。

ケモさんが本気で殴れば一般プレイヤーなど一瞬でミンチだが、さすがに手加減を弁《わきま》えているのか、軽い怪我程度で済んでいた。

叩き出された男の表情が恍惚《こうこつ》としていたのは見間違いであったと思いたい。

「店長ぉ～……やっぱりこの地域は危険ですよぉ～」

「う～ん。けどさぁ～、貸し物件としては破格の値段だったんだよね。所謂《いわゆる》事故物件ってやつだけど、悪霊とかは退治しちゃえば普通に使える物件だからさ」

「それと、店のコスチュームですか？　この衣装もなんとかしてください。屈《かが》んだらお尻が丸見えじゃないですか」

「胸元もきわどいですし、どう見てもその手のお店だと思われてしまいます」

狐《きつね》・猫・犬・兎など、様々なＮＰＣのケモミミ獣人族のウェイトレスに絡まれ、文句を言われるケモさん。

いくら店自体は健全でも環境が最悪だ。

なにより店員の衣装がケモさんのこだわり抜いた一品で、ギリギリのチラリズムを追求したチャイナ服で統一されている。

そのため訪れる客層も勘違いした変な連中が多かった。

「だって、前のメイド服は君達に不評だったからさぁ～」

「アレをメイド服なんて言いませんよ」

「胸元が見えそうなギリギリのラインにスカートが短すぎなのはいつものことだけど、色が下着を含めてピンク一色っていうのも……。おまけにナイフホルダーを太ももに着けるなんて……」

「『黒髪の君には刀が似合う！』って、店長はメイドに何を求めていたんですか？　意味が分かりません。刀なんて使ったことがないのに、どうしろと？」

「メイドといったら刀にボーガン、投げナイフ。トンファーや鋼糸《こうし》で敵をやっつけるのが定番じゃないか。君達はプロなんだから使いこなしてよね。まったく……」

『『私達がおかしいの!?』』

ただのウェイトレスに戦闘能力を求めるケモさん。

店の防衛のために武装すること自体は許容範囲だとしても、そこにケモさんの趣味嗜好が加わり戦闘のプロ意識を植えつけようとするのは、さすがに無茶すぎる。

そもそも、元から戦闘力が高ければ獣人族は冒険者にでもなっているはずなので、こんなところでウェイトレスをやる必要はないだろう。

「店長、無茶を言わないでください」

「およ、ササナさん。僕は無茶なんて言ってないよ。これは店にとって必要なスキルだと思うんだ」

ケモさんお気に入りのNPCであるササナは、比較的に珍しい黒い毛並みの狐の獣人である。

尻尾は先端が白くなっており、実にモフモフ具合がよさそうだ。

彼女自身も和風美人で、ストレートロングヘアに狐の獣人らしいクールな瞳、その立ち居振る舞いはどこかの姫君と言われても遜色ないほどに洗練されている。

ゼロスも好みのタイプだったが、なぜか彼女はケモさんに忠誠心のようなものを持っており、必要なとき以外、相手にされたことはなかった。

「確かに、身を守る程度の護身的な技量はあったほうがいいですが、店長はそれ以上のものを私達に要求しているんですよ。そんなの一朝一夕で覚えられるわけないじゃないですか」

「だったら合宿しよう！　今からやれば戦闘技能を覚えられるはずさ」

「その間、店はどうするおつもりですか？　合宿している間のお給料は出せるのですか？　仮に強くなったとしても、過剰な撃退で店員が衛兵に捕まりでもしたら、店長は責任を取れるのですか？」

「うっ………」

店の場所が場所なだけに護身程度の技量を持つことは悪い話ではない。

だが、合宿する手間を考えるなら、店の場所を変えたほうが手っ取り早ぃ。

そもそも風俗店が立ち並ぶ場所に店を置いたケモさんが悪いのだ。

「僕はただ、君達の素晴らしさを多くの人達に知ってほしかっただけなんだよぉ。スカートから出る長くフサフサの尻尾や、小さな頭に大きなモフモフ耳のコントラスト！　ツンと立った尖《とが》った耳や、へにゃりと垂れたドッグイヤーの最たる愛らしさ。その獣特有の美を人体に宿す姿は、まさに野性と知性の超融合だ!!　屈強な男達であれば、まさに原始的な本能と生命の力強さを体現しており、女性であれば美しさや愛《いと》おしさを全て内包した究極の極致！　あぁ、神よ。あなたはなぜこのような完璧な生物を生み出したのですか！　君達獣人族は僕の魂をどこまでも惹《ひ》きつけてやまなぃ。獣人族の素晴らしさを伝道するために僕は生まれたと、今なら心の底から嘘《うそ》偽りなく断言できる。ウサミミ、クマミミ、コアラミミ………どこまで僕を魅了すれば気が済むのか！　君達のためであれば、僕は――」

「店長………お黙りなさい」

「ハイ………」

暴走しだしたケモさんを、ササナは一言で止める。

これはゼロス達にもできない偉業であった。

「そもそも立地条件が悪すぎます。集客効率も悪いですし、一般客の方々も店を出た瞬間にガラの悪い方々に絡まれるなどトラブル続きなのですが？　合宿なんて考える余裕があるなら、もっとマシな物件を探してください」

「…………申し訳……ありませんでした」

夢から覚めた目で土下座するケモさんを一瞥《いちべつ》すると、ササナはすぐに気持ちを切り替え持ち場へと戻っていった。

他の獣人族の少女達も仕事に戻り、一人ケモさんだけが土下座したまま震えている。

よほど彼女達に嫌われたくないらしい。

そんな無様なケモさんをしばらく眺めて、どう声を掛けるべきか迷うゼロスであったが、その心配は無用だった。

ケモさんは何かのスイッチが切り替わったかのように、唐突に立ち上がった。

「う〜ん……やっぱ拠点にする場所を間違えたかな〜。ここは本当に碌《ろく》な客が来ないよ」

「いや、あの客の目的は……。なんでもない、忘れてほしい」

「ん？　ゼロスさんもお出かけ？」

「ちょいとブラついてきますよ」

「お土産は、筋肉乙女亭《きんにくおとめてい》の【パーフェクトガチケーキ】でお願いね」

聞いたことのない店だった。

「え、なに？　パーフェク……」

「パーフェクトガチケーキ。凄《すご》く歯ごたえがよくて癖になるケーキなんだよね」

「歯ごたえ!?」

「そう。こうね、サクサクッとしてキュッってくる感じが堪《たま》んないんだ」

「サクサクでキュッ!?」

意味が分からない食感の説明だった。

しかもケモさんが言っているのは歯ごたえの話で、味がどうこうという説明は一切ない。

その歯ごたえの表現も実に不可解である。

「店の場所が分からないんですけどねぇ」

「結構有名店だよ？　ガラン通りの八十四番街にあって……」

「知りませんよ。どこの通りの八十四番街なんですか？」

「あそこは……あっ、な、なんでもない。今の話は忘れていいよ！　うん、記憶の片隅からも全て消去して！」

「なんで急に挙動不審になるんですか。目が凄く泳いでますぜ？」

「きき、気にしなくていいよ。あそこは色々とマズいんだ。うん、真っ当な人が行くような場所じゃない。僕の感覚でついお土産を頼んだけど、忘れて」

つまるところ、ケモさんが真っ当ではないと自白しているようなものだ。

そもそもゼロスの記憶にあるガラン通りは四十六番街までしかなく、八十四番街が存在するほど広くはない。しかも周囲が険しい断崖に囲まれた【タウモスの街】と呼ばれる鉱山街だ。

ついでに今拠点のある東大陸とは別の南大陸ときている。

「ケモさん……まさかとは思いますが、ダンジョンクリエイト……しました？」

「してないよぉ～、僕はなぁ～んもしてないよぉ～……。【人工ダンジョンコア】をあげただけさ」

「やってんじゃねぇかよ！　しかも中立地区である街のど真ん中にダンジョンを作ってんじゃねぇか！　運営はこんな横暴なことをされて何も言わないんですか!?」

「大丈夫、魔物が出現することはないから。ちょっと頭のおかしい料理人達が店を開いているだけさ。気にしないでスルーしてほしいなぁ～……なんて」

「その頭のおかしな料理人というところが引っかかるんですがねぇ！」

ゼロスはケモさんの交友関係を把握していない。

そもそも【趣味を貫き深みに嵌まる】のメンバーは自由人ばかりで、仲間同士で行動することはあまり多くない。

それこそ冒険者ギルドで人数を必要とする依頼を見つけたか、レイド戦、もしくは突然発生する各都市での大事件といった、面白そうなイベントのとき以外は単独行動が基本のスタンスだ。

だが、一度《ひとたび》彼らが集まると、迷惑を顧みない非常識な行動で周囲を混乱に陥れ、何の責任も取らずに撤退するため、愉快犯として恐れられていた。

というのも、ゼロスを含めたメンバー全員が、戦闘職、魔法職、生産職を極めたレベル１０００

超えの【大賢者】であり、そんな彼らの迷惑極まりない暴れっぷりから、他のプレイヤー達に【殲《せん》滅者《めつしゃ》】などと呼ばれる始末。

そんな廃プレイヤーパーティーのリーダーがケモさんであり、彼だけが唯一持つ特殊スキルが【ダンジョンクリエイト】。つまりダンジョンを生み出すダンジョンコアを生成するスキルだ。

このスキルによって作り出された人工ダンジョンコアにより、ダンジョンマスターとなった者は好き勝手にダンジョンを作ることが可能で、それこそ中立地帯である城塞《じょうさい》都市や街などにも迷宮を出現させることができる。

「そんなことより、なんでダンジョンコアを他人にあげてるんですか？　アレがどんな混乱を招くかケモさんも承知でしょうに」

「いやぁ～、もっちり瓦煎餅《かわらせんべい》に釣られて、つい……」

「なんです、それ……」

「知らないのぉ⁉　もっちり瓦煎餅だよ。嚙《か》んだ瞬間に弾力のあるもっちり柔らかな食感と、後からくる歯が砕けそうな岩石のごときカリカリ感が堪らない、至高の一品だよぉ⁉」

「硬いのか柔らかいのか、はっきりしてくださいよ。意味が分からん……」

「素人のゼロスさんには、イチゴ大福トマト味がおすすめ。嚙んだ瞬間に口の中に広がるイチゴの風味と、超酸っぱいトマトの酸味が利いていて、実に味わい深いんだよね」

「それ、イチゴ大福である必要があるんですかい？」

「なら、甘納豆ハバネロ味仕立ては？　見た目が甘そうなのに、ハバネロの辛味がパンチ利いてて美味《おい》しいよ」

「結局、甘くはないんですよねぇ？」

「普通に辛いね」

「言葉の矛盾にでもこだわってるんですかい？」

上位の生産職は、なぜか一定のスキルレベルに到達すると、必ずと言ってよいほど変なものを製作する傾向がある。それも【ソード・アンド・ソーサリス】の醍醐味《だいごみ》だ。

このゲームは高い自由度から生産職プレイヤーがオリジナル製品の研究開発をすることができ、大勢の生産職プレイヤーが独自の様々な製品を製作販売し、活動資金を稼いでいた。

当然、ゼロス達もそうした生産活動を行っているのだが、完成したものはあくまで自分達で使い、失敗作を在庫処分という名目で売り捌いている。

ただ、多くの生産職はゲームの高い自由度から、自重など捨て去り本当に非常識なものを製作しては多大な迷惑と笑いを拡散配信していた。

彼らに比べればゼロス達の生産活動などかわいいものだ。

ちなみに、活動拠点を持つパーティーにはなぜか納税システムによって売り上げの何割かを国に納める義務が生じ、拠点を持つゼロス達もまた納税の運命からは逃れられない……。

「ふと思ったんですが、ケモさん……納税、しました？　また催促が来ますよ」

「してるよ？　このパーティーで稼いでいるのは僕だけだし、みんな手伝ってくれないから大変なんだけど？」

「今月分の話なんですけど……。また、徴税官が来たらどうするんです」

「やべっ、先月分しか払ってない！　いっそ蹴散らすか……」

「指名手配されますよ。ほとぼりが冷めるまで時間が掛かりますから、余計なことはしないでください」

どこまでも現実に近いファンタジー世界設定が精巧すぎて辛《つら》かった。

脱税すれば衛兵に捕らえられ、しばらく拠点活動が休止させられる。

しかも拠点内の素材やアイテムを押収されてしまうので、レイド戦前や大きなクエストを直前に控えた状況で徴税官に来られるのは大きな痛手だ。

「ここまでリアルに作る必要があるんですかねぇ？」

「このゲームのコンセプトは【もう一つの世界】だからね。NPCだって殺したら指名手配になるのは社会的に当然だし、街に拠点を置けば家賃や税金の支払い義務が発生するのは仕方ないよ」

「もう一つの世界ねぇ……。それで、徴税官が来たらどうするんです？」

「良い人だったら相談に乗ってもらう」

「悪かったら？」

「殺《や》っちゃおうか？」

「それは駄目でしょ……」

ここでの『良い人』と『悪い人』は本来の意味とは異なる。

『良い人』は賄賂を渡すことで納税の期限を先延ばしにしてくれる人のことを示し、『悪い人』は職務に忠実で賄賂を受け取らず、容赦なく税金を徴収していく人。

要は不良役人と真面目な役人の違いだ。

「ゼロスさん達、手伝ってくれないんだもんなぁ〜」

「そりゃ〜、商売に本気で手を出しているのはケモさんだけだからねぇ。僕達は家賃と倉庫代をちゃんと支払ってるじゃないか。それじゃ駄目なのかい？」

「駄目だよ。税金の全てを僕が支払うことになっちゃうじゃん。普通は割り勘じゃないのかい？」

「なんで？　倉庫や部屋の大半を占拠しているのはケモさんの私物なんですけど？　僕には税金のかからない隠し拠点がありますからねぇ」

「ずるい！　ゼロスさんがずるすぎる‼　なんで僕だけが苦労してんの⁉」

「ケモさんとカノンさんだけなんですよ、本格的に拠点を利用してるのはね。僕は基本的に工房以外使う必要はありませんし、今回はたまたまログアウトしたのがこの拠点だっただけです。普段は宿を利用してることは承知してるでしょ。用があればフレンドチャットで充分ですしねぇ」

他の仲間の【テッド・デッド】や【ガンテツ】も、自分が所有している持ち家や隠れ家を利用しており、ケモさん達ほどアイテムをこの拠点に保管してはいない。

なくてもいいけどあったら便利、という程度の拠点だった。

「そもそも、相談もなしに喫茶店なんて営業してるんだもんなぁ〜。ケモさんも少しは事前報告してくださいよ。最初に見たときは我が目を疑いましたよ」

「いやぁ〜……だって、拠点を喫茶店に改築すると言ったら怒られそうだったから、つい……」

「事後報告が一番タチが悪いって気付きません？　それ、自己中な犯罪者みたいな理屈ですよ」

「うっ……」

「そんなわけで、納税するお金の準備、頑張ってください」

面倒事をケモさんに押しつけ、おっさんは拠点である喫茶店【けものの尻尾】から外に出ていった。

そんな彼の背後で、『ゼロスさんの鬼！　悪魔ぁ!!　今日の下着は女子スク水着ィ!!』と叫ぶケモさんの嘆きが虚《むな》しく響いていた。

◇　◇　◇

東西南北の大陸からの船が寄港するファンタンの街は、多くの商人達の姿で溢《あふ》れかえっている。

ＮＰＣだけでなくプレイヤーの経営する店も軒を連ね、客引きや値切り交渉などの声で騒がしいほどに活気に溢れ、見ているだけでも異国に来たような観光気分にさせられた。

これが本当にゲームの中とは思えないほどにリアルな光景だ。

まるで中国の唐の時代を思わせるような構造の街並みだが、この大通りを抜けると突然に開けた場所に辿り着く。

その中央には巨大なストーンヘンジのような遺跡が聳《そび》え立っていた。

これは他の大陸の街と繋がる転移ゲートであるが、周囲の光景と見比べてみると文明的にも異様なまでに不釣り合いで、異彩を放っている。

和風テーマパークのど真ん中にヨーロッパの古代遺跡が存在しているようなものだ。

『今日はどこへ行こうかねぇ〜』

風の向くまま、気の向くままに。

既にレベルは1000をとうに超え、スキルレベルもカンストしたゼロスは、他のプレイヤーのようにレベル上げするにも簡単ではなく、今は現状維持のまま暢気《のんき》に電脳異世界観光を楽しむ生活を送っている。

この世界は実にスリリングだ。

街道を進めばモンスターや盗賊が現れ、時にはＰＫ《プレイヤーキラー》に襲われ、街に滞在すれば突然発生するイベントに巻き込まれる。

それらの出来事が五感を通じて現実のように体験できるこの世界は、レベル制度がなければ本当に異世界なのではないかと疑うほどに精巧だ。

元プログラマーのゼロス《大迫聡》が感嘆の声をあげるほどの芸術的な世界なのである。

「さて、今の時間帯はどこの大陸かなぁ〜と……」

転移ゲートであるストーンヘンジ。

これは各大陸に点在する二十四ヶ所の同一ゲートと接続しており、接続された空間を入れ替えることで多くのプレイヤーやＮＰＣ達を他の大陸などへと移動するための装置だ。

一時間おきに各ゲートの接続が切り替わるので時刻表のようなものも販売されている。

他にもリング状の簡易ゲートがあるが、これは大きな街同士を繋げただけの往復のみに特化したもので、転移ゲートのように大陸間を行き来するようなことはできない。

まぁ、稀《まれ》にダンジョン同士が転移魔法陣で繋がっていることもあるが、発見することが難しいのでここでは割愛しておく。

話を戻すが、ゼロスは転移時刻表など持っておらず、その時の気分で好きな地方を旅してまわっていた。

『いやぁ～、今日も混んでるねぇ～』

ストーンヘンジの内側には多くのＮＰＣやプレイヤーが集まっており、転移ゲートが発動する瞬間を待っていた。

時間帯としてはちょうどよかったのか、石柱に刻まれた古代魔法文字が輝きだし、周囲に円柱状の魔法障壁が展開し始める。

転移に乗り遅れまいと走ってきたプレイヤーもいたが、魔法障壁に阻まれて顔面から激突する者もおり、まるでコントを見ているかのようだった。

やがて障壁は透明度を失い外側の景色が見えなくなった瞬間、突如として体に浮遊感を感じたかと思うと、次に目にしたものは別の風景であった。

その頃、【けものの尻尾】には徴税官が来ていた。

「……あの、もう少しマケてもらえません？」

「無理ですね」

「サービスするからさぁ～」

「それ、賄賂ですか？　もしそうなら連行しなくてはならないんですが……」

「それはちょっと嫌だなぁ～……。ところで、なんで徴税官が注射器を持ってんの？」

「自白剤です」

「イミワカンナイヨォ～～～ッ!!」

ケモさんは納税義務で最大のピンチを迎えていた。

「はて？　今月納める分のお金は既に用意していたはずですが、店長はそのお金をどうしたのですか？　数日前に売り上げのお金を全てお渡ししましたよね？」

「…………え？」

「……………店長？」

視線を泳がせるケモさんに対し、ササナの目が犯罪者を見るものに変わる。

別の意味でのピンチも同時進行で迎えてしまうケモさんであった。

第三話　おっさんの電脳世界ぶらり旅・気まぐれ編

「旅はいい……金がかからなければなおいい。最高だ」

そう呟《つぶや》いたゼロスは今、広大な平原のど真ん中にいる。

背後にはストーンヘンジのような転移ゲートが威容を放ち、彼の周囲では商人とその護衛である冒険者達が集まり、移動の準備を始めている。

転移ゲートを使って着いた場所は、南大陸の広大な【ルルカ・モ・ツァーレ平原】である。

この場所の転移ゲートの周囲に街はなく、平原内に数多く点在する城塞《じょうさい》都市が国を名乗り覇権を争う民族紛争地域であり、東に四日ほど進んだ場所に城塞国【ツァツァン・クラー・イッサ】があった。

この地は日差しが強く、赤道直下の気候に適応したモンスターは、弱い種族から極端なまでに強い種族まで幅広く生息し、大陸のほとんどが野生の王国と言っても過言ではないほどに生きることが過酷な土地だ。

また、水の値段も西大陸や東大陸に比べて恐ろしく高く、水属性魔法が使えるだけでＮＰＣ《ノンプレイヤーキャラクター》達の生活は安泰だと言われている。ただしプレイヤーはそこに含まれない。

この電脳世界においてのプレイヤーは異邦人や渡界人、または稀人《まれびと》と呼ばれており、途轍《とてつ》もない才能を持った客人という立場だ。

恩恵をもたらす旅人とも、災厄を招く魔人とも言われ、国によって扱われ方が異なる。

中にはとことん毛嫌いする国も存在していた。

そして、この南大陸において最も重要視されているのがオアシスとダンジョンだ。

大陸の中央に存在する山脈並みに巨大な【神聖樹ユグドラシル】近辺は広大な熱帯雨林が広がっているのだが、豊かな土地ゆえに魔力濃度が高く、強力なモンスターが頻繁に出没することもあり、平原よりも暮らしにくいという難点がある。

熱帯雨林地帯は、森林限界の高さまで聳《そび》え立つユグドラシルから豊富な水が流れ込むため水不足に陥る心配はないのだが、逆に離れた土地であるルルカ・モ・ツァーレ平原まで来ると降水量は少なく、生活用水はオアシスやダンジョンから汲《く》み上げなくてはならない。

そのため水源や水属性魔法を使える魔導士を求め、戦争が起こることも珍しくない。

井戸を掘って水が出れば、その時から争いの火種となるのである。

『結構キャラバンが多いなぁ～』

転移ゲートの周囲にいる者のほとんどが他の大陸へと向かう人達なため、ゲート周辺に人が固まりゼロスはなかなか前に進むことができない。

「ちくしょう、水を盗まれた！」

「くそ、護衛が一人殺《や》られたぁ！　こんなところでＰＫ《プレイヤーキル》かよ‼」

「待て、犯人捜しの突発イベントかもしれないぞ」

「誰か水魔法が使える人はいませんかぁ？　できれば売ってください」

「ちょ、干し肉の値段が相場よりも三倍高いんですけどぉ⁉」

「わりぃな、この辺りじゃ適正価格なんだよ」

「西大陸へ向かう人はいませんかぁ？　キャラバンの護衛を頼みたいんですが」

一時間おきに転移ゲートが動くことを知っている人達は、待ち時間の合間にその場で商売を始めたり、他のプレイヤーに護衛を頼む交渉をするなど思い思いに行動していた。

所謂《いわゆる》、順番待ちというものだが、先を急ぐ者にとっては邪魔でしかない。

なにしろほとんどの商団が転移ゲートの前に陣取って商売しており、その周りを護衛のＮＰＣやプレイヤーが固めているので、混沌《カオス》と化した混み具合なのである。

せめて交通整理くらいはしてほしいところだが、運営はそうしたプレイヤーの声に対し『その地方特有のものだから諦めてください』と回答している。

つまりは無法地帯である。

だが、こうした光景も現実世界ではあまり見ることのない聡《さとし》――ゼロスにとって、いつ見ても飽きないものとして目に映っていた。

「この辺り、部族間の戦争ばかりでつまんねぇよなぁ～」

「この間、突発レイドで街が壊滅したって話だぜ？」

「なんでも、俺達プレイヤーを毛嫌いしている部族の街だったたって話だ。その街も友好的な部族に奪われ、ざまぁ～って感じだ」

「行ったことあんの？」

「門の前でラクダの糞《ふん》を投げつけられた……。胸糞《むなくそ》悪い連中だったぜ」

耳をすませばプレイヤー同士が話す情報も聞ける。

相も変わらず部族間の小競り合いを続けているようだが、街一つが壊滅したというのは穏やかではない。なにしろこの【ソード・アンド・ソーサリス】というゲームは、街の復興の手伝いまでもプレイヤーが行う必要があるからだ。

こうした復興イベントはNPCからの好感度が上がるが、同時にプレイヤー側の出費が尋常ではなく、広大な領地を持つ国家からの依頼でもない限り旨味《うまみ》がない。

では、何のためにプレイヤーがこのフィールドに来るのかというと、この地に点在するダンジョンの宝やドロップアイテムの収集や、クエストなどで名声を上げるためである。

特に名声は、高まることでNPCからの信頼度も必然的に上がり、街や冒険者ギルドからの待遇も良くなる。

その中に危険領域への探索許可も含まれているので、レアな素材やアイテムを求めるのであれば、面倒で嫌なクエストも受けなくてはならない仕様だった。

「コケモモ教とフンモモ教の小競り合いかぁ～……」

「ここ、いつも喧嘩《けんか》ばかりしてるよな？」

「土着信仰の部族間戦争でしょ？　正直に言うと関わり合いになりたくないわよね」

「どっちかに傭兵《ようへい》参加しなくちゃいけないのは辛《つら》いよな」

「確か、【豚骨《とんこつ》チャーシュー大盛り】ってパーティーが仲裁に入ったんじゃなかったか？」

「また戦争をおっぱじめたんだろ。めんどくせぇ～」

名声を高めたいプレイヤーにとって傭兵参加は必須であり、それは生産職も同様だ。

どちらの勢力に参加するかはプレイヤー次第。戦争への貢献度によって名声を一気に跳ね上げることも可能なのだが、ゼロスはこの戦いに参加したくはなかった。

理由は宗教国同士の戦いというところにある。

『コケモモ教とフンモモ教、どちらが勝利しても痛いんだよなぁ〜……』

この宗教戦争、実は貢献したプレイヤーの精神にダメージがあるのだ。

ゼロスも一度だけこの宗教戦争に参加したことがあったが、NPC達が一番貢献したプレイヤーを正装させ勇者と称える光景を見て、あまりの悲惨な姿に二度と参加しないと誓った。

まぁ、見ているだけなら面白いのだが……。

『暇潰《ひまつぶ》しに茶番でも見物しに行くか……』

特に予定もないゼロスは、なんとなくで目的を決めた。

人混みをかき分けて、街と転移ゲートを往復する馬車の乗り合い所に向かうと、料金を支払い荷台に乗り込む。どこへ行くかは風任せだ。

そこにはゼロスと同様に街へ向かうプレイヤーパーティーの先客が乗っていた。

「次の街で必ずかわいい女の子を仲間にしようぜ」

「エロフスキート氏、そう言っていつも失敗してるんだが？」

「そりゃ、エロフ好きと合法ロリコンがいたら誰だって避けるだろ。ちなみに俺は猫耳女子推し」

「君……確かに僕はドワーフの女の子が好きだ。けど、このゲームは十二歳以上でないとプレイできない年齢制限がある。要は合法ロリなんだから文句を言われる筋合いはないぞ」

「「十二歳でアバターがドワーフの女の子は充分にロリでは？」」

「犯罪じゃない！　僕の妹も十四歳でファーストキスどころか初体験も済ませているんだぞ。なら絶対に犯罪じゃない！」

「「それ、立派なロリコン……。それより親が知ったら泣くと思う……」」

電脳世界に爛《ただ》れた現実を持ち込むプレイヤーがいた。

しかも話の内容がエロ方面なのに、彼らのアバターは無駄にイケメンや童顔美少年と、見た目と会話に凄《すさ》まじいギャップがある。

アニメのイケメン主人公が、立て続けにセクハラ発言を続けたらドン引きするだろう。

今のゼロスの心境はこれに近かった。

『この荷台……搭乗できるのは十人くらいか。そろそろ出発する頃合いだと思うんだが……』

先客がセクハラ発言の会話を周囲に駄々《だだ》洩《も》れさせているせいか、乗り合い馬車の客の全員が男だ。

他にもＮＰＣの商人の姿が何名か見られる。

よく見ると馬車の御者はプレイヤーのようで、テイマー職であると思われる。

なにしろ馬の代わりに【ベビーベヒモス】が荷馬車を牽《ひ》くようで、生半可なモンスターは全て蹴散らされることだろう。安全性は他の馬車よりも高い。

ゼロスはこの時までは快適に街へと行けるだろうと思っていたのだが、その考えはすぐに悪夢に塗り替えられることになる。

「ヒャア〜ハハハハハ！　ようこそ地獄の一丁目へ、これから哀れな生贄《いけにえ》共のサイコォ〜のライブが始まんぜ!!」

「「「!?」」」

御者が異常なハイテンションで叫ぶと同時に、馬車はもの凄《すご》い勢いで加速を始めた。

しかも前を行く馬車を次々と追い越し、段差で何度もバウンドを繰り返しつつも速度は落ちるどころかどんどん上がっていく。

乗客達は振り落とされないよう堪《こら》えながら、必死にしがみつくことしかできなかった。

「ちょ、アンタ！　今、道を外れ……」

「あぁ？　道が真っすぐなんて誰が決めたよ。俺が進むと決め、俺が進む後に道ができる。それが俺様のロックンロール！　誰にも止められねぇぜ」

「止まってくれ、僕は降りるぞ！　こんな馬車になんか乗ってられるかぁ!!」

「止まらねぇ、止められねぇ、止まる気もねぇ、堪《たま》らねぇ♪　振り落とされたくなけりゃ、哀れにヒィヒィ泣きながら無様に死ぬ気でしがみつくんだなぁ〜。言っておくが俺は回収なんてしねぇぜ？　てめぇらの悲鳴は俺を楽しませるためのBGMよ」

「い、嫌だぁ〜!!　俺は……俺は、死ぬときは猫耳ナイスバディねぇ〜ちゃんの胸の上と決めているんだぁ!!」

「死ねると思うぜェ〜？　生きていたらの話だけどなぁ〜!!」

馬車は街道を外れ、砂塵《さじん》を巻き上げながら道なき道を突き進む。

途中、何度もモンスターを撥《は》ね飛ばし、屍《しかばね》の山を築きながら。

『ハ、【ハイスピード・ジョナサン】……。まさか、こんな場所で運送業をしていたなんて……』

【偽装】スキルで姿やステータス表記を偽る謎多き暴走プレイヤー、【ハイスピード・ジョナサン】。

彼の馬車に乗ってしまったがために、運の悪い乗客達はしばらく地獄の爆走ツアーに付き合わされることとなった。

道なき平原を進んでいたはずなのに、なぜか街に辿《たど》り着いたことが不思議である。

まぁ、彼らの心境は恐怖一色で、しかも本来の目的地から大きく離れた別の街であったが、被害者達はそれに気付くどころの話ではなかった。

壮絶な馬車酔いで……。

◇◇◇

辿り着いた場所は【チェンダ・ムーマ】という城塞都市だった。

とはいっても、見た限りでは周囲の防壁や建物がボロボロで、広大な平原の城塞国としては弱小の部類に入るだろう。整備できていない街の様子から見ても都市国家同士の戦いに負け続けていると考えられる。

水源があるのか不明だが、あったとしてもギリギリ生活できる程度と思われる荒廃具合だ。

そして、乗客を放り出したハイスピード・ジョナサンは、来たときと同様にハイテンションで砂塵を巻き上げながら走り去っていった。

置き去りにされた側からしてみれば『どうしろと?』といった心境である。

「おいぃっ!　ここ、【ツァツァン・クラー・イッサ】じゃねぇだろ!?」

「戻ってきてぇ、お願いだからぁ!!」

「どこなんだよぉ、ここはぁ!!」

遠ざかっていく砂塵に向けて叫ぶプレイヤー達。

一方のＮＰＣの商人達は満身創痍《まんしんそうい》である。

あの爆走の中で数ある城塞都市の一つに置いていかれただけでも充分マシである。

『ここ、【ツァツァン・クラー・イッサ】よりも遠いんだよねぇ。転移ゲートから距離的に三週間はかかるはずなのに、たった半日で到着してんだけど……』

ゼロスは【チェンダ・ムーマ】という街を多少は知っていた。

この城塞都市の近くには遺跡があり、以前来たときは観光名所として栄えていた。

それが、しばらく目を離していたあいだに荒廃し、防壁すら修繕できないほどに衰退している。

その原因は容易に想像がつく。

『コケモモ教とフンモモ教の部族間宗教戦争に巻き込まれたか……』

南大陸の一部地域で信仰されるコケモモ教とフンモモ教。

鶏頭神《けいとうしん》と牛頭神《ぎゅうとうしん》をそれぞれの部族が祀《まつ》り、その信仰ゆえに互いが対立する構図となっていた。

どちらも自然信仰から生まれた宗教なのだが、食文化の違いでいがみ合い、長い歴史の中でいまだに争い合っているという根深い業を背負っている。

まぁ、互いに神獣と崇《あが》めている鶏と牛を食べるのだから、部族的に許せないものがあるのだろう。

だが、問題はその争いに関係ない部族を巻き込むという点にある。

自分達の信仰が正しいと思うからこそ、他人の信仰や無神論者を酷《ひど》く毛嫌いし、交易を持つ他部族の者達にやたらと絡んでくる悪質な連中だ。

別の視点から見ると、自分達以外は全て敵という認識があるのだ。

『迷惑な話だ……』

ゼロスでなくとも誰もがそう思うだろう。

いくら戦いを終わらせようと時間を置いても、また争い始めるのだから迷惑以外の何ものでもない。

「くっそ……マジでここはどこなんだよ」

「こんな寂れた街、聞いたことないんだけど……」

「南大陸は、まだマップが埋まっていないんだよなぁ～」

一緒に連れてこられたプレイヤーは、南大陸に関してあまり詳しそうではなかった。

まぁ、この不測の事態に対し、同じ立場としては彼らの気持ちも分からなくはないが、だからといっておっさんは仲間意識を持つことはない。

これも自由度の高い【ソード・アンド・ソーサリス】というゲームの醍醐味《だいごみ》であり、他のプレイヤーによる人災もまた楽しむべき要素の一つなのだ。

ＰＫ《プレイヤーキル》行為も容認されているので、なかなかに油断のならない難易度になっているのだが。

『こりゃ、復興に時間が掛かりそうな街だねぇ～』

突発的な戦争イベントというのは厄介だ。

街からは住民であるＮＰＣ達が逃げ出し、プレイヤーの手助けがなければ復興が上手《うま》くいかない。

しかも一度滅亡するとマップからも消滅し、これを放置したままにしておくと盗賊などの拠点にされ、貿易の流通ルートにも大きな影響が出てしまう。

しかも南大陸は各都市が一つの国家として成立しているので、滅亡させられても簡単に復興することはできず、この地を盗賊が占拠したとしても討伐依頼はなかなか出てこない。

西大陸や東大陸のように広大な領土を持つ国が存在していないため、破壊された都市を再利用しようとする国がないのである。

ついでにプレイヤーに依頼を出すための資金も捻出できないときている。

こうした現実的な要素が恐ろしくシビアなのだ。

「どうでもいいけど、宿はあるのかねぇ？」

プレイヤーはダンジョン以外であればどこでもログアウト可能だが、テントなどのキャンプ用品といったマーカーアイテムを所持していない場合に限り、ログイン時のリスポーン地点はどうしても最後に滞在した街になる。これは死に戻った場合でも同じだ。

また、拠点や宿以外の場所――主にフィールドや屋外といった野外でログアウトした場合に限り、所持していた資金やアイテム、装備品などの所持品が時間経過により一定確率で失われるというペナルティが科せられる。これは盗賊などのＮＰＣ達や他の悪質なプレイヤーが盗むというわけではなく、単にこのゲームの仕様ということらしいのだが、旅を楽しむゼロスは主に宿などの宿泊施設を頻繁に利用しているので、最近はアイテムロストをしたことがない。

宿に泊まると食事だけでなく疲労や空腹などの一時的な状態異常を消せるので便利ということもある。

しかしながら、大半のプレイヤーは野外ログアウトすることが多いため、重要なアイテムなどが失われ泣きを見ることがよくあった。

酷い話だと新人プレイヤーが長期にわたりログインしなかったことで、ゲームに戻ってきたときにはパンツ一丁で荒野にリスポーンしたという話もあるほどだ。

『建築資材を持ち込んで拠点を用意してもいいけど、南大陸は中心部しか旨味がないからなぁ。ルカ・モ・ツァーレ平原に拠点を作る意味がないんだよねぇ～』

フィールドに拠点を建築するプレイヤーは多いが、他のプレイヤーやＮＰＣに荒らされるリスクも高く、見晴らしの良いこの平原に拠点を築く意味もない。

この南大陸で新人プレイヤーがアイテムロストを恐れ、拠点を築いて防ごうとする行動も見られるのだが、ＮＰＣ達の襲撃を受け拠点を破壊され金品を強奪される光景を何度も見たことがあった。

まぁ、パーティー総出で自分達の城塞都市を建築した者達もいたが、今度は周囲の都市国家に戦争を仕掛けられるのだから厄介だ。

今ではプレイヤー達が放棄した拠点跡地が夢の跡のように残され、古き遺跡のように散見できたりする。それらがモニュメントとなり、南大陸の過酷さを無言の警告として伝えていた。

『これも観光のうちに入るのかねぇ？』

確かに観光気分で放浪はしていたが、周囲の光景はあまりに荒廃しすぎている。

チェンダ・ムーマの街は破壊の痕跡がいたるところに見られ、住民もどこか疲れ切った様子で家屋の修理を行っているが、仕方なく修理しているといった彼らの諦めの表情が痛々しい。

正直、街に入るのを躊躇《ためら》うほど自分が場違いに思えてくるのだ。

「うわっ、なんだよお前らッ!?」

「近づくんじゃねぇ!!」

「アンタら……商人なんだろ？　なら、水をくれよ……水……」

「頼む……せめて子供達に水を……」

「欲しければ金を持ってこい。この貧乏人がぁ!!」

戦乱に巻き込まれた住民達は生きることに必死だ。

一縷《いちる》の望みを賭して商人に縋《すが》るも、無情にも彼らは容赦なく生き延びた住民を足蹴《あしげ》にする。

この地ではそれが日常であり、犯罪数も他の大陸に比べダントツで多い。

人の尊厳など無いにも等しかった。

『酷いもんだね。環境次第では、人はここまで悪辣《あくらつ》になれるの……か。つ、またか……』

ゼロスはゲーム内の酷い光景を見ると、時折だが頭痛を感じるときがあった。

痛みはすぐに引くので気にはならないが、痛みと共にどうしようもない違和感を覚え、それがなぜなのか原因まではいまだに分からずにいた。

「どうでもいいけど、人が寄ってこないねぇ。まぁ、仕方ないけどさ」

【怪しい行商人】ファッションは、どこから見ても胡散臭《うさんくさ》い。

生活苦にあえぐＮＰＣからも倦厭《けんえん》されるほどだ。

もっとも、彼の着ている衣装は見た目がボロボロでも【人避《ひとよ》け（微）】と【認識阻害（小）】の魔法効果が付与されており、装備者が自ら声を掛けない限り周囲の人間が避けてくれる仕様となっている。

街の中で露天商をするには意外に重宝され、ある程度の技量とレベルがなくては目に留まることもなく、ちょっと危険なアイテムを売るには実に都合がよい。

『一応、情報収集くらいはしておくか……』

突発イベントを避けたいゼロスとしては、街の住民から話を聞くことに決め、プレイヤーやＮＰＣ商人にたかる住民を無視し街へと入っていった。

だが、その情報収集がイベント発動の鍵になる可能性をこの時は考慮していなかった。

第四話　おっさんはイベント開始のスイッチを押す

ＰＫ《プレイヤーキラー》と呼ばれるプレイヤー達がいる。

主にプレイヤーキャラを狩りの対象として襲撃したり罠《わな》に嵌《は》めたりして命を奪い、装備やアイテムの強奪を繰り返すアウトローなプレイスタイルを取る者達のことだ。

中には拠点に火をつける鬼畜な者もいるが、大半はフィールドでの襲撃が基本である。

彼らも他のプレイヤーと同様の【職業《ジョブ》】を持っており、その能力に合ったスタイルでＰＫ《プレイヤーキル》を行い、犯罪者プレイを楽しんでいた。

「来た、来た♪」

「六人パーティー……装備品はまぁまぁだな」

「ここが墓場になるとも知らず、ご苦労なことよね」

「じゃぁ、手筈《てはず》通りに頼むぜ」

【隠密】スキルで気配を隠し、獲物の近くまで息を潜めながら接近するＰＫ達。

ある者は先回りして待ち受け、ある者は長距離からの狙撃を狙い、ある者はデバフアイテムを投げ込む準備をしてタイミングを待つ。

標的のパーティーメンバーは盾持ちの重騎士が二人、遊撃の剣士が一人、狩人が一人、魔導士と僧侶が一人ずつと、セオリー通りのバランス型だった。

ＰＫの斥候があらかじめ仕掛けた魔物寄せの禁薬【邪香水《じゃこうすい》】により、標的のパーティーが進む先にモンスターが集まりだし、彼らはそこに踏み込んでいく。

ＰＫ達はまんまと罠にかかったことに醜悪な笑みを浮かべた。

「モンスターだ。数が多い」

「経験値の稼ぎ時だな。狩るぞ」

「防御は任せろ」

「回復は任せて」

「魔法の準備に入るわ」

「突撃と同時に矢を放つわね」

六人は危なげなく立ち回り、難なくモンスターを倒していく。

警戒が緩んだところに、ＰＫ達がデバフアイテムを投げ込むと、周囲に黄色の煙が立ち込める。

「な、なんだぁ!?」

「なっ、麻痺《まひ》……!?　これ……って」

「わ、罠だ!!」

気付いたときには手遅れ。

この時、既に狩人と僧侶の女性プレイヤーがＰＫに狩られていた。

「ヒャア～～ッ、ハハハハハッ♪」

「こ、この……」

「無駄無駄ぁ、麻痺した状態で魔法が放てるのかよぉ～」

「あなた、いい装備を持ってるわね？　それ、私が大事に使ってあげるから死になさい」

黒いドレスを着た場違いな女が、魔導士の女性プレイヤーの首を掻《か》っ切る。

Ｒ18表現規制が解除されているため、周囲には大量の血液が飛び散った。

「ハハハ、イィ〜ネェ。このエフェクトを見ると気分が高まるぜェ」

「そう？　私は気分が悪いんだけど」

「つまんねぇことを言うなよ、シャランラ。猟奇殺人って〜のは、こういうもんだろ？」

「あまりにリアルだから気分が悪くなるのよ。猟奇サスペンスやスプラッタ系は嫌いなのよね」

「俺は大好きだぁ！」

現実にできないことだからこそ、バーチャルな世界で犯罪行為を模倣する。

もちろんそんなプレイヤーばかりではないが、モラルが求められる世界から外れたバイオレンスな非日常のスリルを求め、ＰＫ《プレイヤーキル》行為に走る者も少なくないことは確かだった。

そんな彼らは残りの獲物を他のＰＫに任せ戦利品を漁《あさ》る。

「男物は要らないわよ」

「んじゃ、俺っち達が頂くぜ？」

「かまわないわ。それより使えそうなアイテムはないの？　僧侶系の装備アイテムって私には使えないのよね」

そう言いながら、シャランラと呼ばれた女魔導士はアイテムの物色を続ける。

ＰＫは【斥候】や【暗殺者】、あるいは【中級忍者】の職業スキル持ちが多い。

隠密性の高いスキルに偏るのは、集団で行動するうえで敵に感知されるのを避けるためで、なによりも初撃の奇襲で相手を何人狩れるかが重要だからだ。

そのうえで通常より多くのアイテムを奪うため、【盗賊】スキルも活用している。

「向こうもそろそろ片がつきそうだな」

「あと一人のようね。意外にしぶとかったのかしら？」

残りの獲物は負傷した盾持ちの戦士が一人。

その彼の周囲をＰＫ仲間が取り囲んでいた。

「クッソ……。もう俺だけかよ……」

「ヘッヘッヘ、無駄な抵抗なんかやめて、さっさとくたばっちまいな。この状況じゃぁ勝ち目なんかねぇだろぉ？」

「確かにな……。なら最後に言わせてもらう」

「なんだ？　文句や恨み言なら間に合ってるぜ。遺言も聞く気はねぇ」

「死ぬ前に……『ベリーメ〇ン』を歌わせてくれぇ!!」

「やかましいぃ、潔く死ねヤァ!!」

イラッときたのか、問答無用で戦士プレイヤーは叩《たた》き斬られた。

そんな彼の断末魔の叫びは『ブルアァッ!!』だったりする。

「こいつ……最後にネタに走りやがった」

「案外、面白い奴だったのかも……。声真似も似ていたし、なんか悪いことをしたな」

「見事な芸人根性……」

散っていった戦士プレイヤーは、なぜか尊敬の眼差しで見られていた。

そんなＰＫ達にシャランラは『なにやってんのよ』と呆《あき》れるのであった。

チェンダ・ムーマの街は寂れていた。

街に来た時点で無残に破壊されたたくさんの家屋がすぐに目に入ったので理解していたが、埋葬されずに路上で転がる乾燥してミイラ化したＮＰＣ《ノンプレイヤーキャラクター》達の遺体、生きる気力をなくした悲惨な姿の者達に食料を奪い合う者、生き延びた人々の悲惨な姿と荒廃した街の光景に言葉をなくす。

襲撃や略奪に遭えばこうなることは必然だが、問題なのは、なぜここまで荒廃しているかである。

大抵の街にはプレイヤーがいるので、仮に落とされたとしても街の被害は修復され、荒廃まで追い込まれることはない。

つまりチェンダ・ムーマの街にはプレイヤーがいなかったことになる。

『考えられるのは、プレイヤーを拒絶していた街ということか……』

外の人間を拒絶する閉鎖的な街は多い。

その理由は街の指導者による偏見や妄執によるものが多く、街が壊滅しても生き延びた指導者は大抵プレイヤーに対し、『なんで早く助けに来なかった！』だの、『お前らのような無能者は我々のために無償で尽くす義務があるのだ！』だの、ふざけた態度と恨み言を投げかけてくる。

そこそこ権威を持っているパターンだと、側近達が武器を向けてくるのだから始末が悪い。

正当防衛で返り討ちにすると、なぜかこちらの好感度が下がり、逆に説得や交渉を持ちかけても身ぐるみを剥《は》がされて放り出され、なんとか場を収めても文句しか言われない。

関わって良いことなんてなに一つないのである。

ここで重要なのは、街を治める権力者の有無だ。

『……と、いうわけで情報収集なんだが、どこかに手頃な人はいないかねぇ？』

廃墟《はいきょ》だらけの街での情報収集となると、相手に渡すチップは水や食料などの物資か、あるいは金を握らせることになるのだが、基本的にボッタくられる。

また、先に情報料を渡せば適当な情報しか得られず、重要な情報となるとこちらの懐事情にダイレクトアタックをかましてくる。

他人の足元を見ることは交渉術として正しいが、そもそも碌《ろく》に情報を持っていないことの方が多く、交渉を持ちかける相手次第では空回りすることなど珍しくもない。

『人目につく街中での情報収集の交渉は論外……なら、路地裏生活者がいいか？　こうした襲撃に遭った後の廃墟だと親族でグループを形成しているパターンが多いから、最初は戦災孤児から当たったほうがいいかねぇ？』

どこまでもリアルにこだわった【ソード・アンド・ソーサリス】というオンラインゲーム。

こうした治安が崩壊した街での情報収集にも危険があり、集団を形成している住民との対話ではいきなり襲われることもあるため、人前で情報料を手渡すなど悪手でしかない。

特に今回の場合は食料と水が情報提供の対価となる。

明日の生活すらままならない住人は生きることに必死で、夜に襲撃を受ける可能性が高いのだ。

このような理由から、なるべく人の少ない裏路地に入り【隠密】スキルを駆使し、気配を消して進むことが自衛の鉄則である。

ゼロスほどの高レベル者ともなると、姿を晒《さら》していても他者から認識されることがない。

毎度のことながら摩訶不思議《まかふしぎ》なスキル効果だとおっさんは思う。

『さて……誰がいいかなぁ～』

薄暗い路地裏には絶望しきった住民達の姿があった。

わずかな食料を奪い合う者や、枯れ果てた井戸を見つめ放心している者、盗みを働いて逃げる者と追いかける者。道端に放置された遺体なども埋葬されることなく腐敗し異臭を放っていた。

他の街に逃げられればいいのだが、彼らには平原を数日も歩き続ける余力もないのだろう。

その中で一人、挙動不審な男の姿が目に留まる。

男は終始怯《おび》えたままの警戒状態で辺りを見回し、人がいないと分かると急いで走り出す。

挙動が怪しいが素人同然の動きであり、間違っても裏社会の住人でないことが分かる。

手に抱えた革の袋の中身はおそらくわずかばかりの食料なのだろう。

ゼロスが彼の後を追跡すると、街外れの小さな民家に辿《たど》り着いた。

男は民家の手前で周囲の様子を探り、人がいないと分かると安堵《あんど》の息を吐き、それでも安心できないのか何度も周囲を見回しながら中に入っていた。

ゼロスもその後に続き、裏に廻《まわ》って窓から中の様子を窺《うかが》う。

「食べ物を持ってきたぞ……」

「お帰り、父ちゃん」

「誰も来なかったか？」

「うん……ずっと物置に隠れていたよ」

「そうか……。今、街は危険なんだ。もしお前達が外に出たら、捕まって売られてしまうかもしれないからね」

そこには、なんとも不憫《ふびん》な親子の姿があった。

家の中は荒らされたかのように散らかり、痩せ細った二人の兄妹は父親が必死で盗んできたのであろう食料を見るや、餓《う》えに耐えきれず飛びつき無心で齧《かじ》りつく。

そしてひとしきり食べ終わると、子供達は父親の指示に従い床下の物置に戻っていった。

残された男はその上に荷物を置き、地下への入り口に偽装を施している。

それを好機とばかりにゼロスは窓から侵入すると、男の背後に忍び寄り、喉元にナイフを突きつけた。

「ヒッ!?」

「静かにしろ……聞きたいことがある」

「こ、子供達の命だけは……」

「それはアンタの情報次第だな……」

「何が、訊《き》きたいんだ……？」

「この街についてだ。随分と寂れているが、なぜこうも放置されている？　水源があるのであれば他の都市国家の奴らが見過ごすはずがない。なのに実際はこうも荒れ果てている。水源のある街というのは、この平原では貴重であるにもかかわらずだ。なのにどこの都市国家も占拠しようとせず放置だぞ……なぜだ？」

そう、ゼロスの聞きたいことは街が放置されている現状だ。

南大陸の城塞《じょうさい》都市は、地下の水源から生活用水を汲《く》み上げなくては成り立たない。

考えられることは地下水の枯渇か、水源が何らかの理由で移動したかだ。

「わ、分からない。それは俺達も知りたいことだ。井戸の水は突然に枯れ、水が汲める井戸も泥水ばかりで飲めたもんじゃない。この街を襲撃し占拠していた奴らもすぐに出ていった。俺達だって原因が知りたいところだ……」

「つまり、街が襲撃された当時は井戸から水が汲めたんだな？」

「それは間違いない……。おかげで一ヶ月もの間、畑仕事もできやしない。そうなると後はどうなるか分かるだろ？」

「ある程度の資産を持っていた連中は真っ先に逃げ出し、残されたのは貧乏人ってことか……。酷《ひど》い話だな」

原因不明の水の枯渇。

つまるところ地下で何らかの異変が起きたということになる。

だが、泥が混ざっているものの水を汲める井戸も残っているらしい。

「次に、この街を治めていた王はどうした？」

「王……か。あのクズは真っ先に殺された。一族郎党全て消えてくれて、やっと悪政から解放されたと思ったのに……」

「民に慕われない王か、ざまぁないが残された者には不幸だな。襲ってきたのは鶏腿《とりもも》と牛腿《うしもも》とかいう連中のどっちだ？」

「コケモモ教でもフンモモ教でもない。襲ってきた連中は【シェギナ教】だ」

「シェギナ教？　聞いたこともないな」

長いこと【ソード・アンド・ソーサリス】に慣れ親しんできたゼロスでも、この名は初耳だった。新たに実装されたのかと首を傾《かし》げる。

更に深く追及してみると、この街を治めていた王は【チェケラ・チヨ教】という宗教の敬虔《けいけん》な信者で、総本山である都市国家に毎月献金していたという。

「…………なんか、随分とご機嫌な宗教名だな」

「あのクズ王はチェケラ・チヨ教の聖女、【ミスア・メリカン】にご執心だったらしい」

「まさか、ダンスで世界を救うとかいう教義じゃないよな？」

「……よく分かったな。その妙な教えのせいで俺達は仕事中も踊ることを強要され、作業効率が著しく落ちているというのに税金も倍に跳ね上がり、それなのに外部との交易を行わない。そんなことをされたら生活していけるわけないだろ！」

「もしかして、シェギナ教も似たような宗教なのか？」

「連中は、年がら年中踊り続けないだけ遥《はる》かにマシだ……。『仕事の効率が悪くなるから作業中はダンス禁止』というお触れを、奴らの教祖【コサック・バトラー】が命じたらしい」

「それで無能な王は討ち取られたと……」

無能な王の圧政に苦しみ、対立する宗教国から襲撃を受け、やっと自由に暮らせると思ったら大切な水源が枯渇し襲撃した宗教国も逃げ出すという、なんとも救いようのない話であった。

つまり、街を統治する者がいなくなったのである。

「なるほど……では、水源の方はどうなんだ？　泥水でも汲める井戸はあるんだろ？」

「井戸は水が湧き出る深さに掘り、そこから横堀で他の井戸と繋《つな》げるように作られている。地下水が流れてきていることは確かだが、そこ以外の井戸に水が行き渡らないようだ」

「その井戸は地下水の源流にまで続いているのか？」

「そこまでは分からないが、おそらく……」

「なるほど……大体の事情は分かった。情報提供に感謝する。情報料はそこに置いていくので確認してくれ」

話している合間にゼロスは水の入った樽《たる》と食料をこっそり置き、会話終了と同時に気配を消して窓から外に出た。その間は男も生きた心地がしなかっただろう。

恐怖で力が抜けた男はその場に座り込んだが、背後に置かれた情報料《品々》を見て言葉を失う。

なにしろ一週間分にはなるであろう量の食料がそこにあったたからだ。

思わず跳ね起き、そばに近づくと急いで中身を確認する。

「干し肉に野菜……それと水か。あぁ……これで……」

数日の間、子供達を食べさせていけることに男は感謝の涙を流した。

その様子を窓際で覗《のぞ》いていたおっさんは、これ以上は野暮《やぼ》と思いその場から立ち去る。

ある程度距離を置いたところで、頭に響く音声。

『クエスト条件が満たされたことにより、探索クエスト【水枯渇の謎を追え】が開始されます』

「えっ？　たった一人から情報を聞き出しただけなんだけど……早すぎじゃないかい？　突発クエストの予感はあったが、ここはもっと、こう……時間を掛けて聞き込みするのが定番なのでは？」

『期間は一週間、頑張って攻略してください』

「マジっすか……」

いきなり始まった探索クエスト。

そもそも単独で攻略できるのか怪しいが、始まってしまったことはどうしようもない。

できる限りのことはしようと思ったが、手掛かりになるものといえば先ほどの話で聞いた井戸くらいのもので、どうしたものかと頭を悩ませる。

そう、平原において水は貴重なもので、たとえ泥水しか汲めなくとも重要な生活用水なのは変わりない。そのため警備が厳重なのである。

「つまり、現場の確認が重要ということかな？　どうしたもんかねぇ～」

南大陸では水の売買が成り立っている。

そのためどこの街でも井戸の周囲には警備兵が張り付いており、昼夜常に目を光らせていることが多い。

特に水泥棒などには重い刑罰が科せられており、その重要性が分かるだろう。

たとえ泥水であったとしても、命を繋ぐ水の価値は変わらない。

「警備兵は……眠らせるか。動くなら夜がいいかな」

井戸に近づけば武器を向けられることは必定。

ならば警備兵の様子を遠くから窺い、遠距離から魔法で眠らせて井戸を調べるのが有効であると、今まで攻略したクエストのパターンから判断する。

時間的余裕もあることから宿に入り、その一室で一度ログアウトすることにした。

◇　◇　◇

ゲームを終了した聡《さとし》。

気がつけば正午を過ぎていた。

少し遅めの昼食だが、軽く食べられればいいと前日のおかずをレンジで温め卓上に並べていく。

「夕食は何にしようかねぇ～」

暇潰《ひまつぶ》しにテレビをつけると、海外ドラマが放送されていた。

事件捜査班の日常を描いたシリーズもので、リアルでグロいシーンが凄《すご》く印象的だ。

人間関係も複雑で、なんと犯人が捜査班である主要人物の身近にいたりする、なんて話もあったほどだ。

「これ、散々捜査を続けて犯人が未成年だったときは驚愕《きょうがく》したよなぁ〜。いつ見てもストーリーが秀逸だわ。BD《ブルーレイディスク》のBOXでも買おうかなぁ〜」

味噌汁《みそしる》を啜《すす》りながら、被害者がミンチ状態のグロシーンを見つつ、そんな感想を述べる。

いくら酷い場面でも所詮《しょせん》はフィクションと分かっているからなのか、聡は動じることはなかった。

昼食を食べ終えると食器を洗い、再びログインする時間まで作りかけのプラモを組み立てることにする。

最近の某メーカーは美少女プラモを発売し人気となっている。

聡もまた『昔のキャラプラモは、ここまで出来が良くなかったよなぁ〜。関節の可動なんてしなかったし、顔の作りも中途半端。価格も三百円くらいだったっけ』などと言いつつも製作していた。

自室の棚には某機動兵器や戦隊もののロボ、他にも様々なプラモが塗装済みで陳列してある。

ちょっとしたジオラマにも手を出しているほどの趣味人だった。

こうした趣味に没頭している時間が何よりも好きで、誰にも煩わされることのない日々をまったりと満喫する聡であった。

第五話　おっさんはクエストを開始する

どことも繋《つな》がらない隔絶された領域。

そこには多くの神族が忙《せわ》しなく働いていた。

誰もが端末を手にしながらデータの確認や書類作成を行い、重要な案件には上司の指示を仰ぎ、ときにはヘマをやらかし怒号が飛び交う。

その光景はさながら役所かどこかの会社の風景を彷彿《ほうふつ》させるが、彼らの働く場所はまるでSF映画にでも出てきそうな超科学の結晶ともいえる技術で構築され、ここが宇宙戦艦のブリッジだと言われても納得してしまいそうになる。

だが、そこは宇宙の中心である。

多次元として無限に存在する世界の一つを管理する神域であり、神々やそれに連なる使徒達は今日も変わらず働き続けていた。

「主様《あるじ》……報告です」

「なに？」

「例の連中……とうとうやらかしました」

「管理惑星のどこかで馬鹿なことをしでかしたのかい？」

「いえ、例の世界の【観測者】を封じた封印核を、我らが管理する【アナザーワールド】に捨てたようですね」

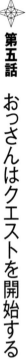

「へぇ……遅かったね。あのお馬鹿さん達なら、もっと早く不法投棄すると思ったんだけど」

世界を一手に管理する主神は報告にあった情報を端末で確認する。

封印核はじきに解除され、中にいる存在が覚醒する可能性を示唆していた。

だが、時間的にはまだ猶予がある。

「……だいたい一年ってところかな？」

「本当に大丈夫なのですか？　不完全とはいえ主様と同質の存在なのですよね。一度は倒すにしても力の差が歴然ですよ」

「だからこそ、皆であの世界を作ったんじゃないか。他の管理神達も自由に遊べる世界が欲しいって言ってたし、一石二鳥だよね」

「目覚めても力を低下させる仕掛けがあるとはいえ、それでも強大であることは変わりないんですが、本当に倒せるのですか？」

「やるしかないんだよ。もう、連中の好き勝手にさせておくわけにはいかない。これ以上、連続召喚による被害世界が増えても困るんだ。これはもう災厄だね」

連立する世界を隔てる次元障壁に歪《ゆが》みが生じていた。

この歪みは日々拡大の一途を辿《たど》っており、やがては隣接する世界同士が衝突することになる。

摂理の異なる世界同士が衝突したとき、そこから発生する次元振動は他の世界にも波及し、時空間の歪みを更に広げることになる。

拡大した歪みは連鎖的に様々な世界の次元空間に穴を開け、別の世界同士が接触。

そこから発生する次元崩壊現象《ディメンション・カタストロフィ》は膨大な破壊エネルギーを発生させ、一瞬にして数千の世界を崩壊させてしまう。

これが自然現象により発生するものであれば修正のしようもあるが、人為的に行われる召喚によって引き起こされるのだから始末が悪い。なにしろこちらからは手出しができないのだから。

多次元同士を繋げるリスクを理解していないとしか思えない。

「そろそろ送り込むメンバーの選定作業をするべきかな？」

「こちらの意図を察知されるわけにはいきませんから、送り込む者達にもある程度の犠牲は想定して動くしかありませんね。メインを除いてダミーも用意するべきだと思います」

「メインはある程度常識を弁《わきま》えていて、なおかつぶっ飛んだ行動ができる人がいいよね。向こうで・・・・・・・もしぶとく生き残れる適応力と柔軟な思考の持ち主が望ましいよ」

「魂魄《こんぱく》の帰還プログラムはまだ作成中です。これはぶっつけ本番になりそうですね」

「じゃあ準備を始めようか、連中への嫌がらせをね。被害に遭った世界への通達もよろしく」

「時間軸修正プログラムの再チェックも始めておきましょうか？」

「よろしくね」

人間達の理解の及ばない場所で静かに動きだす神々の計画。

これが何を意味するものなのか、巻き込まれる運命にある者達はまだ知らない。

夜になり、少し早めの夕食を済ませた聡《さとし》は再び【ソード・アンド・ソーサリス】の世界へログインした。

そこは人気《ひとけ》のない寂れた宿の一室。

宿に宿泊したと言うと聞こえはいいが、実際は無人のまま放置された宿屋に無許可で泊まり込んだだけである。

ベッドが埃《ほこり》っぽいのも管理されていないからであり、なんとなくだが身体が痒《かゆ》いような錯覚を起こした。

チェンダ・ムーマの街もちょうど夜。

悪党達の動きやすい時間であった。

「んじゃまぁ～、行きますかね」

ただでさえ住民が逃げ出し、人の気配もまばらな街の光景は、寂寥《せきりょう》感が漂っており哀愁みたいなものを感じる。

その中で特定の井戸を探し当てるのは時間が掛かるかと思っていたが、意外にあっさりと見つけてしまい、少しだけガッカリする。

まぁ、三人ほどの衛兵が井戸の守りを固めていたので、本当に分かりやすい構図だったのだ。

これで間違うほうが難しい。

「警護の兵は三人……まるっきりやる気なし。こりゃぁ、楽勝かぁ～」

統治者がいないのに命令もなく井戸を守るのは、彼らが忠義を持っているのではなく、この大陸で水を失うことの意味を誰よりも理解しているからだろう。

泥水であろうと、ここでは高値で売れるのだ。

長く井戸を確保しておくことはできなくとも、親を亡くした子供や住民程度なら暴力で追い払えるので、一時的に貴重な水場を独占し水売買をしているだけに過ぎない。

ある程度の資金を蓄えたら、彼らは街から脱出するつもりなのだろう。

とはいえ、今のゼロスにとって彼らは邪魔な障害でしかない。

そこで取り出したのが、同じパーティーメンバーであるカノンが作ったデバフアイテムだ。

ただし、ラベルには試作品の文字が大きく書かれている。

『怪しい……限りなく怪しい』

なにしろカノンの作るアイテムは効果が未知数なものが大半だ。

試作品ともなると酷《ひど》い効果になることが多く、うっかり巻き込まれれば自分も異常な効果の被害に遭ってしまう。取り扱い要注意の危険物なのである。

「ちょいと離れるぜ」

「小便か？　しっかり済ませてこいよ」

「ついでに酒も頼むわ」

警護の一人が持ち場を離れたところを見計らい、しっかりと風の流れを考慮し、多少罪悪感に苛《さいな》まれながらもデバフアイテムの瓶を警護兵のいる辺りに投げ込んだ。

「ん？」

「どうした」

「ガキ共の嫌がらせか？　なんか投げつけてきたようだ」

「ほっとけ。ここから離れたら住民共に占拠されるぞ」

デバフアイテムはどうやら無色のガスとなって気化しているようだった。

色つきでないことは助かる。

問題は効果なのだが……。

『あれ？　ふ、不発？』

デバフアイテムの効果がいつまでたっても表れない。

珍しくカノンが失敗したのかと思ったのだが、どうやら違うようだ。

アイテムの効果は既に表れていた。

「……お前、よく見ると……いい体、してるよな」

「よせよ……それを言ったらお前だって……」

『んんっ!?』

ゼロスの目の前でガタイのいい男達が急にイチャつきだし、一瞬なにを見せられているのか当惑した。見たくもない光景が次々と繰り広げられていく。

R18表現規制でモザイクがかかっていなかったら、おそらく吐いていただろう。

男達は互いに劣情のまま行動し、やがて二人は抱き合いながら街の夜闇へと消えていった。

「ヤバい……こいつぁ〜ヤバすぎるぜ。カノンさんに全部返品しないと……」

哀れな被害者となったＮＰＣ《ノンプレイヤーキャラクター》の男達に心の内で謝りながら、おっさんは井戸へと近づく。

井戸の底には水が溜《た》まっているが、水位はそれほど高くはない。

取り出した鉤爪《かぎづめ》にロープを括《くく》りつけると、井戸の縁《へり》に引っかけ、ゆっくりと底へと下りていく。

「横穴か……。この先が水源に続いているようだが、さて……」

街中の井戸がこういった横穴によって繋がっており、今ゼロスがいる井戸以外の全てが水位の下がったことにより水が枯渇した状態。その原因は水が流れてくる支流の先にあると判断する。

もたもたしていると見つかる危険があるので、早々に横穴の先へと進んでいった。

◇　◇　◇

とある地下遺跡。

わずかな明かりだけが灯《とも》された薄暗いレンガ造りの通路で、二つの勢力がぶつかり合っていた。

一方は全身を包帯で巻かれたミイラの軍勢。

もう一方は緑色のローブに身を包んだ男性魔導士に率いられた騎士団。

だが、戦いは一方的なもので、騎士団の戦力が優勢だった。

剣を振るえばミイラは両断され、ハンマーを振るえばミイラは無残に粉砕され、古びた杖《つえ》を向ければ複数のミイラ達が炎の中で灰となった。

優勢どころか圧倒的な戦力差だった。

まさに蹂躙《じゅうりん》と言ってもよいだろう。

「弱いな……」

不死の軍勢を蹂躙しながら、男はぽつりと呟《つぶや》いた。

いや、不死なのは蹂躙したミイラだけではない。魔導士の率いる軍勢もまた不死であった。

「新たな戦力の力試しのつもりだったが、一方的すぎて話にならない。もっと手強《てごわ》い相手はいないのか？　おまけにドロップアイテムもショボいときた」

男は魔導士の中でも特殊な部類に入る【死霊術師《ネクロマンサー》】であり、パーティー【趣味を貫き深みに嵌《は》まる】のメンバー――大賢者であった。

緑色の奇抜な衣装はサーカスのピエロやマリオネットを彷彿させるが、彼の職業はあくまでも魔導士職である。

目元に異様に目立つ隈《くま》のある青年アバターで、見た目は美形だが病人にも思えてしまう。

この【ソード・アンド・ソーサリス】というゲームでは、条件を満たすことで様々な職業スキルを獲得することができ、それを鍛え上げると特殊なスキルへと昇華する。

死霊術師《ネクロマンサー》は降霊術師から面倒な手順を踏んだ先に獲得するレア職業の一つで、そこから更に大賢者に至るには、魔導士職や神官職、付与魔導士職などを極めなくてはならず、それこそ廃プレイヤーと呼ばれる者しか辿り着くことのできない高みであった。

「こうなると、ケモさんのダンジョンに挑むしかないか？　けど、あそこはなぁ～……」

パーティーリーダーである【ケモ・ラビューン】が管理する人工ダンジョン。

一階層はただのケモミミパブのようだが、二階層からはえげつない難攻不落の迷宮であり、挑んだ者達の心を完膚なきまでに粉砕する悪夢のような場所だ。

攻略すると最深部で獣人達から歓待を受けるらしいが、残念ながらそこまで到達した者は誰もいない。むしろ不可能だと誰もが諦めるダンジョンである。

この死霊術師《ネクロマンサー》――【テッド・デッド】もまた心を折られた一人でもある。

『軽い気持ちでテストプレイなんてするんじゃなかった……』

今思い出しても恐怖で頭を抱えたくなる。

そもそもダンジョンとは侵入者を容赦なく潰《つぶ》そうとする場所だが、それに見合うだけの恩恵があるので何度も挑みたくなる。

しかしケモさんの作ったダンジョンは違う。

確かに恩恵も大きいが、それ以上に凶悪すぎて二度と挑戦したくないと思い知らされるのだ。

ダンジョン名も【ケモさんのハッピ～ダンジョン】とふざけたものだが、挑戦者の悲惨な末路を見て嘲笑《あざわら》うだけの仕様だ。ハッピーなのは管理者であるケモさんだけなのである。

『やめとこ……あそこだけは二度とご免だ。それよりも………』

テッドの目的は遺跡の探索やダンジョン攻略などではない。

強力なモンスターや名のあるＮＰＣの墓を暴き、アンデッド化することで自分の戦力に加えることだ。力試しに凶悪なダンジョンに挑んで戦力を減らすなど愚かな行為でしかない。

「そう……俺様の目的はクソなリア充どもを滅することだ！　見てろよ……次のレイドでは憎たらしいカップル共に再び恐怖を刻んでやるぅぅぅぅっ！」

テッド・デッドは別方向で病んでいる人だった。

彼は現実《リアル》の鬱憤《うっぷん》を晴らすため電脳世界で暴れ回っているのだが、この件に対してゼロスに『君さぁ～、リアルでどんな生活をしているのかは知らないけど、ここでアベック狩りをしても意味がないでしょ。使用しているアバターが女性というだけで、現実では男性の場合もあるだろうし、それを確かめることは運営以外にできないんだから』とツッコまれたこともある。

だが、それが正論であろうとも、内なる衝動を抑えられないのが人間である。

分かっちゃいるけどやめられない彼は、直接的なＰＫ《プレイヤーキル》行為を避けレイド戦での事故を装うといった偽装を行って、現在も多くのカップルプレイヤー達を葬っている。

所謂《いわゆる》ストレス解消というところだろう。

カップルを滅するためであれば、たとえ盛大な自爆で自分がダメージを受けようとも成し遂げる、固い覚悟を持った大馬鹿者だった。

まぁ、傍《はた》迷惑なプレイヤーという認識で間違いはない。

「ところで……ここはどこだ？」

最上位レベルのプレイヤーであるテッドは、簡単にモンスターに倒されないので油断していたが、今になって自分が道に迷っていることに気付いた。

彼の操る騎士や戦士のアンデッド達は、当然だが質問に答えてくれない。

「食料はまだあるが、なくなる前に外に出られなかったらどうする。餓死《がし》で死に戻りなんて恥ずかしすぎるし、なんとか出口を見つけないと……。どこかでキャンプでも張るか？　このままじゃログアウトができないぞ」

悩ましい。

ダンジョンではないのでキャンプ《マーカーポイント》を設定すればログアウトは可能だが、ここは遺跡ということもあり崩落でキャンプ地を潰される可能性も高い。

そうなれば前に滞在した街でリスポーンすることになる。

召還したゾンビ達は遺跡に残されるので、リスクを避け安全をとるのであれば地上に出るしかないのだが、残念なことにテッドは来た道順を覚えていなかった。

肩を落として屍《しかばね》の大群を引き連れて進むテッドの姿は、まるで遺跡内をさまよう死霊の王、リッチのような陰鬱な雰囲気を醸し出していた。

◇　◇　◇

井戸の底から横堀りの水路を進むこと一時間。

ゼロスが辿り着いた場所は地底の湖だった。

広い空間には何やら緑色の苔《こけ》がびっしりと張り付き、湖の真ん中には同様の巨大な苔の塊が鎮座していた。そしてこれが水不足の原因だと気付く。

「ス、【スポンジシェル】……。こいつらが繁殖していたせいで水不足になっていたのか」

スポンジシェルとは、透明な体を持つ巻貝のようなモンスターで、硬い殻にスポンジ状の苔を生やし、大量の水を吸収して肥大していく生物である。

このスポンジシェルと苔は共生関係にあり、大量の水分を吸収させることで爆発的に繁殖し、その厚みでスポンジシェルは外部からの衝撃に耐える防御力を得ている。

ついでにスポンジシェル自身の餌として栽培も行っていた。

過酷な環境で生きるために得た習性と能力なのだろう。

「しかも、やけにでかい奴がいるねぇ。キングサイズ……いや、レイドボスか？」

地底湖の中央に巨大な岩塊のように聳《そび》え立つそれは、どう見ても規格外サイズのモンスターだ。

【ソード・アンド・ソーサリス】では、こうした巨大サイズのモンスターはレイドボスとして出現することが多く、巨大スポンジシェルは出番待ちといったところであろう。

問題は周囲にいる通常サイズのスポンジシェルの数だ。

貝なだけに動きはナメクジのようなスローペースだが、伸縮自在な自身の体をバネとすることで突然の高速移動や跳躍が可能であり、意外に厄介な敵である。

しかも水を含んだスポンジ苔が火属性魔法を防ぎ、その弾力と苔の苗床となっている殻の硬度で物理攻撃もしばらく耐えることができるとあって、戦闘となれば長期戦は必至だ。

「数が多いようだし、減らすかねぇ」

長期戦は免れないと判断したゼロスは、まずは周囲の小型スポンジシェルを間引くことにする。

このモンスターは基本的に強くはないが、防御力はそれなりに高い。

ついでに集団で飛び跳ね、堅い殻の尖端《せんたん》で突撃してくるから厄介なのだが、当然ながら弱点もあわせ持っている。

このモンスターは体内に豊富な水を蓄えているため寒冷地帯では生存できないのだ。

おあつらえ向きに地下の限定された空間。

「やりようはいくらでもあるってね。範囲凍結魔法【フローズン・ガーデン】」

【フローズン・ガーデン】は、周囲を凍結し外界温度を急激に低下させることにより、氷結効果の弱点を持つモンスターに対し一定時間ダメージを与え続ける支援魔法だ。

威力と効果なら氷結系広範囲攻撃魔法である【コキュートス】の方が高いが、今回は巨大サイズのスポンジシェルがいるため、下手に刺激を与えて動き出さないよう配慮した。

ただでさえ通常サイズのスポンジシェルが大量繁殖しているのに、レイドボスサイズを同時に相手にするリスクを負う気にはなれなかったのだ。

「お～、効いてるねぇ」

水中にいるスポンジシェルには効果が及ばないが、天井や壁に張り付いている個体には効果絶大で、徐々に凍結しては勝手に落下していく。ドロップアイテム取り放題だった。

『まぁ、使い道がないんだけどね。魔石はともかく、【スポンジシェルの粘液】とか、【蒼色《そうしょく》の硬殻《こうかく》】なんて欲しがるのは中堅プレイヤーくらいだし……あっ、カノンさんが欲しがるかな？』

スポンジシェルの粘液や蒼色の硬殻は、調剤用の素材に加工できる。

特に砂漠などの熱帯地域で重宝される耐熱ポーションの素材としては優秀だ。

加工の技量レベルにもよるが、灼熱の溶岩地帯を涼しい顔で散歩できるほど品質が上げられる触媒なので、魔法薬の生産職はこぞって欲しがるだろう。

だが、売るとなると相場よりも値が落ちるかもしれない。

『いや、確実に値が落ちるな。これだけいたら、しばらくは困らないだろうからねぇ』

通常種をことごとく倒し、インベントリー内に尋常ではない速度で溜まっていくスポンジシェルの素材。

これだけの数を市場で捌《さば》くとなると過剰供給で値崩れを起こすため、集めれば集めるほど損をするだけである。

どうしても高値で売りたいならスポンジシェルの出現しないエリアに向かうしかないが、そこまでレアな素材でもないので、結局買い叩《たた》かれて通常の半額以下になるだろう。

『……西大陸や東大陸で売るべきかな？』

ドロップアイテムを回収しつつ、凍りついた湖面を歩きながら魔法を何度も展開し、地下空洞を白く染め上げていく。

溜まった素材の処分方法を考える余裕を持ちつつも、常に巨大スポンジシェルの様子に気を配っていた。

だが、ここでおっさんは油断をしてしまった。

地底湖の底にはまだ数多くのスポンジシェルが潜んでおり、湖面の水温が急激に下がっていることとに危機感を持ったのか、柔軟な体を縮め張力を利用し一気に凍《い》てついた湖面に上がってきた。

凍てついた湖面を水中から突き破り、次々と飛び出してくる巻貝。

直撃を受け続ければ一気にＨＰを持っていかれるだろう。

「【アイスエイジ・ブリザード】」

広範囲氷結魔法【アイスエイジ・ブリザード】。

周囲を瞬間的にマイナス気温へと低下させる竜巻を発生させ、敵を凍結させる攻撃魔法だが、【アイス・ブリザード】より広い射程範囲を持つのが特徴だ。

飛び上がってくるスポンジジシェルの突進力は脅威だが、空中にいる間は無防備であり、こうした範囲魔法のいい的《まと》である。

空中で凍結されたスポンジシェルは天井に叩きつけられ、砕け散りながら落下してくる。

「ヒュゥ～♪　入れ食いだねぇ」

これが中堅プレイヤーであればレベルアップ祭りであっただろうが、既にレベルが１０００を超えたゼロスではたった１レベルすら上がることはなく、経験値を溜めてレベルアップする楽しみが味わえないことを思い出して酷く落胆する。

『高難易度のレイドボスでも倒さない限り、レベルは上がらないからなぁ……』

強くなりすぎたがゆえの悩みだった。

そうこうしている間に地底湖はまるで冷凍庫のように白く染まり、湖面も分厚い氷で覆われていく。水中もアイスエイジ・ブリザードの竜巻で攪拌《かくはん》され北極並みの水温にまで低下していった。

「これで通常種は全滅。あとは……」

地底湖中央に陣取る巨大スポンジシェル。

自分のテリトリーに起きた異変を感じ取ったのか、分厚く張った湖面の氷を隆起させながら動き出し、安全な場所へ移動を開始する。

その光景は流氷が海面を覆う氷をかき分けながら移動しているかのごとく、真っすぐにゼロスのいる方向へと向かってきていた。

「ようやくボス戦か……。さてさて、一人でどれだけやれるものか」

迫りくる巨魁《きょかい》。

動きは遅いが、それ以上の巨大さゆえにまるでタンカーが迫ってくるような錯覚を起こす。

まぁ、それだけ迫力があるのだが、実際には大型タンカーの船首部分ほどの大きさだ。

その巨体が突然水中に沈み、ゼロスは嫌な予感がよぎると同時に急ぎ横へと走りだす。

次の瞬間、巨大スポンジシェルが水柱と共に氷塊をまき散らしながら、凄《すさ》まじい勢いで砲弾のように飛び出してきた。

「なぁっ!?」

咄嗟《とっさ》に【鑑定】スキルを発動させると、巨大スポンジシェルの名称は【カイザー・アイランドシェル】と表記され、視界の上には耐久値を示す三本ものＨＰバーが現れる。

冗談のような巨魁は放物線を描き、天井を抉《えぐ》り取りながらまるでミサイルのように奥の鍾乳洞へ突っ込み、鍾乳石の岩場や柱を粉砕しつつ極寒と化した地底湖からの離脱を果たす。

「えぇ～……あの重量でかぁ⁉　物理法則無視してるだろ。アレは……」

あまりの衝撃に、おっさんはただただ呆然《ぼうぜん》とするしかなかった。

第六話　おっさん、偶然にも仲間と合流する

信じられない跳躍力と加速力で地底湖から逃げた巨大スポンジシェル。

偶然にも地下水が流れてくる上流へとその巨体は突き進み、体力的に超人レベルのゼロスでも追いつけないほどの速度で逃走していた。

ゼロスも慌てて追いかけるのだが、弱点である極寒の寒冷地化した大鍾乳洞から離れたいのか、火事場の馬鹿力を発揮したかのような加速で追いつくことができない。

よほど寒い場所が嫌いなのだろう。

しかも周囲の鍾乳石や岩塊を粉砕しながら突き進んでいるので土煙が舞い、おまけに当たったら洒落《しゃれ》にならないダメージを受けそうな岩まで飛んでくる始末。

ついでにゼロス自身が使った魔法で周囲は凍りついているので滑るときた。

それらの要因から距離を詰めることができないでいた。

『あの巨体で、どうやって岩壁を掘っているんだ？　ありえないだろ……』

色々と疑問が浮かんでくるが、土煙と粉塵《ふんじん》で前が見えない以上は確かめようがない。

ひとまずは追いつくことが先決と余計な思考を振り払い、必死で走り続けた。

そこでゼロスが見たものは、明らかに人工的な建築物だった。

「はぁ？　い、遺跡？　こんなものが間近に埋まっていたのか……」

遺跡が存在しているということは、地底湖もまたこの遺跡で生活していた人達の貴重な水源として利用されていたことが窺《うかが》える。

年代の特定までは無理だが、地上から地底湖まで十メートル近く縦穴を掘る必要があることを考えても、かなり古い遺跡なのだと予想した。

なにしろ遺跡は地中に埋もれている場合が多く、南大陸で地下遺跡が発見された話を聞いたことがないので、おそらくはこれまで未発見だと思われる。

逆説的に考えれば発見されにくい状況にあるということだ。

『すっげ……ここまでやるのか、運営は……。ディティールがハンパないぞ。どこまで僕を楽しませてくれるんですかねぇ』

たまにＮ　Ｐ　Ｃ《ノンプレイヤーキャラクター》から遺跡の探索や調査護衛の依頼を出されることがあるのだが、ここまで古い歴史を感じさせる遺跡をゼロスは見たことがない。

つまりはこの遺跡のように未知なるものがまだまだ人知れず眠っている可能性が高いのだ。

こういったロマン溢《あふ》れるものを見てしまうと、子供のような冒険心が湧き立ってくるというものだ。大人になっても楽しくて仕方がない。

まして自分が発見したとなると、その喜びも倍増だ。

「それにしても、天井が高いな。地下庭園だったのか？　いや、元々上階が地上にあったと考えると、地面を掘り下げて通気用の吹き抜けにしたのかもしれない。長い時間を掛けて土砂が堆積《たいせき》した結果埋まったんだろうかねぇ。あの天井は、貴重な水源に風雨や砂埃《すなぼこり》が吹き込んでくるのを防ぐためのものだったのだろうか？　そのおかげで地底湖は土砂に埋もれるのを防げたと。おっと、あのレイドボスは……」

岩壁の裏はレンガ造りで耐久力がなかったのか、巨大スポンジシェルはその巨体に見合うだけの突破力で、重要な文化遺産になるはずであった遺跡を瓦礫《がれき》に変えていく。

他の大陸にいる古代史研究家（もちろんＮＰＣなのだが）が見たら泣きそうな光景だった。

「所詮《しょせん》、人間の文明など大自然の力の前では無力なのか……」

諸行無常の寂寥《せきりょう》感を抱きつつ、おっさんは巨大スポンジシェルの後を追った。

◇　◇　◇

テッドは遺跡で迷っていた。

いや、正確に言うと自分が引き連れたアンデッド軍団のせいで狭い通路を通ることができず、なんとか進めそうな通路を選んでいった結果、遺跡内で堂々巡りを繰り返していたのだ。

死霊術師《ネクロマンサー》のスキルにある【アンデッド召喚】は、プレイヤーが手に入れたか製作したアンデッドを任意に召喚できるものだが、このスキルには大きな欠点が存在する。

そう、召喚はできても送還ができないのだ。

一体や二体のアンデッドであれば飛空船などで運搬できるが、これが軍団規模ともなると巨大な召喚魔法陣を必要とし、拠点の魔法陣にあらかじめ魔力をチャージしておかねばならない。

これは転移ゲートと似ているが、召喚先に魔法陣があるわけでもなく一方通行になってしまうため、戦闘が終わるとアンデッド軍団の置き場に困ることになる。

何らかの方法で送還できるのかもしれないが、死霊術師《ネクロマンサー》の魔法はレア職なために手掛かりは少なく、暇なときにテッドは図書館で調べているのだが、いまだ送還方法を発見するには至っていない。

レア職の特殊なスキルを獲得するにはなにかと面倒な手順を踏む必要がある仕様に、テッドは不満と憤りが溜《た》まっていたりするのだが、そういう世界観で設定されているのだから諦めるしかなかった。

遺跡を探索しているのも、送還魔法を求めてというのが理由の一つだ。

「……大規模召喚で雑魚一掃なんて、やるもんじゃないな。つか、よく考えてみると地上に出れたとしてこいつらどうしよう？　飛空船に乗せることもできないし、どこかで棺桶《かんおけ》を買っていく必要があるな」

アンデッドはモンスター扱いなので、一般の飛空船などの公共交通機関は利用できない。

そうなると棺桶に一度封印し、インベントリー内に収納しておくしか手がないのだが、現在召喚したアンデッドの数が百体を超えているので回収に手間がかかる。

雑魚の相手が面倒になって大規模召喚をやらかしたことを彼は凄《すご》く後悔していた。

『だって、しょうがないじゃないか。誰だって一度は『現れよ、我が配下よ。冥府より蘇《よみがえ》り、立ち塞《ふさ》がる愚か者どもに鉄槌《てっつい》を下せ』ってやってみたいじゃん。人前じゃ恥ずかしいけど……』

なんのことはない、自業自得の結果だった。

偶然発見した遺跡に潜り、自己満足の一人遊びに耽《ふけ》っていたせいで盛大に自爆しただけである。

「……棺桶、手に入るかな」

南大陸は中央の厄介なデンジャーゾーンを除き緑地帯は少ない。

木材などは貴重であり、水に次ぐ高値で取引される建材であった。

アンデッド百体以上の棺桶を用意するとなると、かなりの高額を要求されることは間違いない。

懐事情も最大のピンチを迎えていた。

「どうでもいいが、なんか煩《うるさ》いな？　さっきからなんだよ、この地響き……」

先ほどから聞こえてくる地響き。

しかも気のせいか、この地響きは近づいてきているように思える。

「嫌な予感がするな。お前ら、ここから離脱するぞ」

アンデッド達に命令するが、そもそもゾンビなのでまともな思考は持っていない。

自我に近い思考を持っていても、その動きはどうしてもワンテンポ遅れたり、あるいは命令自体の言葉の意味を理解していないのではないかと思われる様子を見せる。

死霊を憑依《ひょうい》させて操っているとはいえ、百体近いゾンビを全て制御するなど不可能な話で、操るアンデッドの数が増えるにつれ行動が単調になっていく傾向があった。

それでもテッドは圧倒的な数の軍勢による蹂躙《じゅうりん》にこだわってしまったがため、遺跡内で迷うことになったわけだ。

『せめて召喚を半数にすればよかった。調子に乗りすぎたか……にしても、嫌な予感がするな』

次第に大きくなってくる地響き。

さっさとこの場から離れようとした矢先、凄《すさ》まじい轟音《ごうおん》と共に何か巨大なものが視界に飛び込んでくると同時に、テッドは衝撃によって吹き飛ばされた。

「うおぉわぁあぁぁあぁぁぁっ!?」

吹き飛ばされる刹那《せつな》の時間、彼は混乱する中で信じられないものを目にする。

配下のアンデッド達が粉砕され、無残な残骸となって飛び散る光景である。

今まで必死になって集めたこれまでの苦労が水の泡となった瞬間だった。

『おいっ、ふざけんなよ!! 連中を集めるのに俺様がどれだけ苦労したと思ってんだ!! 【剛腕のバキュリオ】、【血塗《ちまみ》れのリゾンテ】、【惨劇のハーキュリス】……どれも各地で伝わる英雄や名のある手練《てだ》れのゾンビなんだぞ! 遺体を探し当てるのにどれだけの労力を費やしたと思ってるんだ!』

突然発生した理不尽な事態にテッドは怒りを露《あらわ》にする。

地面を転がりながらも体勢を立て直し、元凶となった存在を確認しようと試みる。

その正体はすぐに判明した。

山のように大きな殻を背負った巨大巻貝。

分厚く繁殖した苔《こけ》を生やしたそれに、テッドは心当たりがあった。

「……はぁ？　スポンジシェル……だと？　なんだよ、コイツ。デケぇ……」

鈍重そうな動きしかできないモンスターが遺跡を破壊しながら飛び込んできたのだ。

しかもレイドボスサイズなのだから信じられない。

この巨体でどうしたらあの加速力を生み出せるのか理解できなかった。

「おいおい……冗談だろ。こんな場所でレイド戦をやるのかぁ？」

「ところが冗談じゃないんだなぁ～、これが……」

「はぁっ!?」

声がした方向に視線を向けると、そこには見知った人物の姿があった。

怪しい行商人スタイルのゼロスである。

「おい、おっさん……これはどういう状況だ？」

「どうもこうも、見たまんまだよ。僕は突発クエストの最中に偶然アレを発見してねぇ、雑魚を排除してたら突然動き出しちゃったんだよねぇ～」

「その突発クエストってなんだ？」

「ある街で水不足の原因を調べるってやつ。井戸の底から水源に続く横穴を通っていたら、地下の大空洞にある地底湖にコイツがいたんだわ」

「レイド戦が始まってるじゃねぇか、笑えねぇ状況だろ………」

知らないうちにレイド戦に巻き込まれていたテッド。

しかも彼は遺跡内で迷っていたので逃げることもできない。

ついでに遺跡も崩れかけており危機的状況。

「レイド戦の前に脱出するべきなんじゃないか？」

「そうしたいんだけどねぇ。僕はこの遺跡に来るのが初めてなんだよ。テッド君は脱出ルートを把握しているのかい？」

「いや……俺様も初めてなんだ。しかも戦闘中でマップを開くこともできないときた。適当に逃げ出すか、このまま戦闘に入るか……」

プレイヤーであれば誰もが持っているオートマッピング機能。

しかし、この機能を使うには一度戦闘から離れ、システム画面を開く必要がある。

だが彼らにはその猶予はない。

なぜなら巨大スポンジシェルが巨体を起こし始め、天井が崩れてきているからだ。

ついでに崩落に巻き込まれるテッドのアンデッド達。

「あぁあっ!?　お、俺様の軍団がぁああああぁぁぁぁぁぁあっ!!」

「半数が壊滅したねぇ……。君、今回は何体召喚したんだい？」

「ちくしょう……許せねぇ。連中を使ってリア充どもに鉄槌を食らわせようとしていたのに、俺様の苦労を無意味にしやがって……。お前らぁ、急いで下がれ！」

「それでよく指名手配されないよねぇ。君がしているのって辻ＰＫ《プレイヤーキル》なんだけど？」

「変装もしているし、偽装も完ぺきだ。目撃者も消しているから問題ない。バレなきゃいいんだ」

ＰＫ《プレイヤーキラー》が指名手配されるには、いくつかの条件が存在する。

まずＰＫの顔を目撃した者がいることで、その目撃者が最寄りの街や大都市に生還することにより、ＰＫ《プレイヤーキル》を行った者達は賞金を懸けられ正式に指名手配扱いとなる。

ただし衛兵がいない村などはこの条件は適応されない。

死に戻りで街に戻ると条件を満たせなくなるので、ＰＫ被害者は何が何でも街に生還を果たさなくてはならず、まさに命懸けである。

そしてテッドはカップルや男女混合パーティーをレイドバトルで集中的に狙っていた。

その貴重な道具であり先兵がアンデッド達なのだ。

しかも大陸を駆け回りレベルの高いＮＰＣの遺体を収集している。

何が彼をそこまで駆り立てるのか、ゼロスには分からなかった。

「まぁ、ほどほどにね」

「あぁ……また集め直さなくちゃならないのか。いっそプレイヤーをゾンビ化できればいいんだけどなぁ～……」

「できるんじゃないかい？　色々と自由度が高いゲームだし、方法さえ分かれば可能な気もするが……。その場合、プレイヤーの扱いはどうなるんだ？　ゾンビのままプレイをするのか、新たに別のアバターで復活するのか知らんけど」

「それよりも奴はどうするんだ？　この場で戦うと生き埋めになるぞ」

「それなんだよねぇ～、どうしようか？」

通路での氷結系の魔法は自分達の行動を阻害しかねず、爆発するような魔法は生き埋めになる時間を早めるだけであり、風系統の魔法は硬い殻に覆われたスポンジシェルには通じず、地系統の魔法で真下から岩の槍《やり》で突いたところで、元から柔らかいスポンジシェル本体にはさほどダメージにもならない。

確実にダメージを与えられるのは――。

「やはり雷撃系の魔法が一番かな」

「俺様はネクロマンサープレイしたいのに、攻撃魔法を使わないとならないのか？」

「ネクロマンサーでも攻撃魔法を使うのは多いでしょ。リッチとか、ペイルライダーとか、デュラハンロードとかも魔法を使うぞ？」

「呪術一本でロールプレイしたいんだよぉ、俺様はっ！」

「やればいいんじゃない？　デバフ効果で弱体化できるだろうけど、それでアレが倒せると思うならねぇ」

「無理だな……」

呪術師や死霊術師《ネクロマンサー》が使う呪術は基本的に搦手《からめて》で、敵に状態異常をもたらすものが大半だ。

もちろん攻撃する魔法もあるのだが、その威力を発揮するにはある程度の時間経過を必要とし、どうしても即効性が極端に低くなりがちで、目に見えて効果が分かる攻撃魔法と比べ地味だ。

即死効果がある魔法も相手の魔法耐性が高いと効果が及ばず、無駄に魔力を消費してしまうため数打ちゃ当たる的な戦術も取りにくい。

テッドはデバフ効果とアンデッド達を用いて、姿を隠したまま敵を倒す戦法を好んで行っているが、それは弱体化と数の暴力による波状攻撃で追い込む狩りのような戦い方であり、レイドボスのような極端な強さを持つモンスターには通用しない。

なにしろレイドボスは魔法耐性が高いうえに、うんざりするほどのＨＰと防御力を持っている。

いくら上位プレイヤーであるテッドでも簡単に倒せる相手ではないのだ。

「まぁ、ＨＰを多く削れるならデバフ効果も有用だけどさぁ、レイドボス相手だと微妙というか、他に助っ人が欲しいところだよねぇ」

「こんなところに助けに来るプレイヤーなんているのかよ」

「残念ながら、知り合いは全員この大陸にはいないねぇ。時間的に無理そうだし、そうなると……」

「押しつけるか……」

この遺跡の広さがどれくらいかは分からないが、ゼロスは井戸の底に掘られた横穴を、かなりの距離進んできた。

少なくとも目の前のレイドボスによる被害はないと思われる。

しかし、他人に押しつけるにしても、この巨大なモンスターをどうやって地上にあげるのかが問題だ。

「試しに攻撃でもしてみようかねぇ？」

「効果がありそうに思えないんだが………」

「ダメ元だよ。んじゃ、【サンダー・ランス】」

中級初期で覚える単体魔法、【サンダー・ランス】。

ゼロス自身が術式に手を加えたこととゼロス自身のレベルも相まって、威力は上位魔法と遜色ないほど格段に跳ね上がっており、水の属性が強いスポンジシェルには有効な魔法であった。

プラズマ化した光の槍が巨大な本体に突き刺さり、高電圧が体内を駆け巡られては、さすがのレイドボスでも堪《たま》らなかったのだろう。

声帯があるわけではないので悲鳴をあげることはないが、代わりに苦しみからか激しく暴れ出したので、天井が崩落して状況は洒落にならない事態になった。

巻き込まれまいと必死に逃げる二人。

「状況が悪化してんじゃやねぇか!!」

「こいつぁ～できるだけ遠くに逃げるしかないねぇ」

「お前達、さっさと下がれぇ！　あぁっ、また瓦礫の下敷きにっ!?　ち、ちくしょう……」

「反撃するとこれかぁ～、こんな場所でどうやって倒せばいいんだろ」

崩落に巻き込まれアンデッド達の数が減っていく光景を見てしまい、涙目のテッド。

高レベルＮＰＣの遺体を探すため、陰でしこしこと情報を集めては埋葬地や終焉《しゅうえん》の地に赴き、執念で探し当てた苦労を思うとゼロスでも泣けてくる。

広大なフィールドから遺体一つを探し当てるのがどれほど大変か、テッドの手伝いをしたことがあるからこそ理解できる。

まだ墓荒らしの方が楽だと言えよう。

「君……なんで限界まで召喚しちゃったんだい？　壁役や遊撃といった少数召喚でもよかったじゃないか」

「モンスターが大量に生息してたんだ。根こそぎ蹂躙してみたいと普通は思うだろ……」

「その後先《あとさき》考えずにやらかした結果、偶然と不運が重なって酷《ひど》いことになっているようだけど？」

「恨むぞ、おっさん……。あんな化け物を起こしやがって……」

「不可抗力だよ。それにこれは運の要素が強いしねぇ、普段の君の行いが悪かったせいじゃないのかい？　他人に恨まれる真似ばっかりしているから、こんな事態になったんだよ。きっと……」

「否定はできないが、それはおっさんも同じだろ！」

「だから今、崩落現場に居合わせているんじゃないか」

テッドも不運ならゼロスも不運。

いくら高レベル者でも大量の瓦礫に埋まったら死に戻りは確定だ。

充分に運が悪かったと言える。

まぁ、被害はテッドの方が大きいのだが……。

「くそ……リストから次々とアンデッド達が消えていく」

「どうにかして地上に出ないとヤバいね。死に戻りのペナルティは痛い」

【ソード・アンド・ソーサリス】のデスペナルティは結構大きく、ゲーム時間で数日から数週間、大幅にステータスがダウンする。その間は碌《ろく》に動けなくなるといったこともあるため、プレイヤーは必然的に死を避ける傾向があった。

「でかいだけの巻貝の分際で、ふざけた真似しやがっ……て、ん？　なんか、様子がおかしくねぇか？　暴れるのをやめたぞ」

「あっ、本当だ……って、魔力が上昇している。魔法を使えるのか!?」

巨大スポンジシェルから漂う魔力の気配。

どんな攻撃をしてくるのかは分からないが、一方通行の通路に向けて攻撃魔法を使われると、今のゼロス達の状況では避《よ》けることすらできない。直撃は確実だ。

だが、巨大スポンジシェルの行動は二人にとって予想外のものだった。

「なんだ？　周囲から水が噴き出して……」

「気のせいか、あの巨体で横回転を始めてませんかねぇ？」

巨大スポンジシェルの身体のいたるところから一方向に向けて噴き出す超水流で、巨体が徐々に回転し始め、その加速は徐々に増していく。

やがて、かなりの重量があるはずなのに空中に浮かんで、天井を掘削し始めたのだ。

「「ド、ドリルだ……」」

流れてくる膨大な泥水と、粉砕され吹き飛ばされる遺跡を構築していた煉瓦《れんが》の瓦礫。

上昇速度は更に加速し続けている。

「………まぁ、なんとか地上には出られそうだね」

「くくく……俺様の苦労を台無しにしてくれやがった恨み、絶対に晴らしてやるからなぁ～。地上に出たことを後悔するがいい！」

「後悔するほどの知能があの生物にあるとは思えないけどねぇ〜。とりあえず、奴が地上に出るまで待つとしますか」

天井から滝のように流れてくる泥水を眺めながら、おっさんはしばらく休憩を決め込むのであった。

第七話　おっさんの暗躍を知らず巻き込まれる不幸な者達

朝日が昇る頃、まばらに草の生えた平原で二つの軍勢が顔を突き合わせていた。

片方は鶏冠《とさか》付きの鳥の羽根で作られた髪飾りをかぶる一団。

もう片方は牛の角をつけた兜《かぶと》をかぶる一団だった。

コケモモ教を信仰するウコッケ族とフンモモ教を信仰するモーカウ族だ。

この両陣、一見するとどちらもフンドシ一丁の全裸がデフォの文化が共通しているので同一族に思えるのだが、遥《はる》か昔から不倶戴天《ふぐたいてん》の敵同士であった。

両一族の者が顔を合わせると、視線が合うだけで殴り合いを始め、三人同士で出会えば武器を使い、十人揃《そろ》えば本気で殺し合いを始めるほど仲が悪い。

彼らはお互いがお互いの信仰する聖獣（牛と鶏）を食べる習慣があることから悪魔と罵《ののし》り合い、長い間些末《さまつ》なことで襲撃と簒奪《さんだつ》を繰り返してきた。

しかもプレイヤーすら利用する。

そんないがみ合う両NPC《ノンプレイヤーキャラクター》陣営は朝日が昇ると同時に舌戦を始めた。

「大いなる神、コケモモ様の眷属である鶏を食らう野蛮な悪魔どもよ！　今日で貴様らとの戦いに決着をつけてやろう。我が頭上に輝く鶏冠を恐れぬならかかってくるがよい！」

「ハッ、そう言って戦いを長引かせているのはどういうことだ？　貴様らのような貧弱な手羽先で、我らの雄々しい角を折れると思うてか！　我らが神、フンモモ様の偉大さをその身に思い知らせてやるわ！」

この不毛な舌戦は小一時間ほど続いた。

両陣営の兵士達は殺意に満ち満ちているが、彼らに付き合うプレイヤーにとっては地獄の時間であった。プレイヤーにとってこの戦争はただのイベントに過ぎないのだから。

長々とくだらない口喧嘩《くちげんか》を聞かされ、ある者は欠伸《あくび》を噛《か》み殺し、ある者は本気で寝てしまい、またある者は呆《あき》れて帰《ログアウトして》ってしまった。

南大陸の戦争様式はプレイヤーにとってくだらない口喧嘩と小競り合いに過ぎない。

「また始まったよ」

「いい加減、さっさと始めてほしいよな」

「俺、向こうの陣営に知り合いがいるんだよなぁ～……」

「それ、まさか勇者じゃないよな？」

「選ばれた奴は不憫《ふびん》だな……かわいそうに」

コケモモ教側とフンモモ教側には共通した文化として、戦いに貢献したプレイヤーに勇者の称号を与える風習があり、勇者に選ばれた者は強制的に両部族の衣装を着せられる。

その衣装だが、複雑な模様で顔らしきものが描かれた木製の大きな盾を持ち、粗末な槍《やり》と貧弱な剣を持たされ、藁《わら》の腰蓑《こしみの》に局部を隠す角ケース姿。全身に戦《いくさ》に挑む部族特有の模様を無理やり描かれた酷《ひど》く原始的な格好と、いわゆる晒《さら》し者状態である。

異なるのは頭部のかぶり物だけだ。

晒し者にされたプレイヤーのさめざめと泣いている姿が痛々しい。

「あいつら……悲惨だな」

「だから下手に活躍するなと忠告したのに……」

「野郎でよかったな。女性プレイヤーだったらモロ出しだったぞ」

「モザイク処理が必須だよな。まぁ、俺達は表現規制かけてるから意味ないけど」

「本当によかった。だが、せめて顔にもモザイク処理を施してほしい。顔を晒されたら二度とこのゲームをプレイできなくなるぞ」

プレイヤー達は哀れな勇者達に同情的であった。

民族的な文化は、この地に住まう者達の風習に起因しているのでとやかく言う気はないが、現代文明に生きている者達からすれば誰もが避けたいと思うだろう。

あえてＮＰＣ達の文化に挑戦する者達はよほど冒険心に溢《あふ》れているに違いない。

「この連中に比べたら、獣人達の方がよっぽど文化的なんだよなぁ～」

「文明レベルが原始的だからな。牧歌的な獣人達の方が遥かに文明的で進んでいる」

「連中……進歩がねぇし」

「誰彼かまわずに噛みついてくるし……」

「人を騙《だま》すわ、暴力的だわ、詐欺は平然とやるわ……。何かあると部族単位で押しかけてくる」

「基本的に連中は閉鎖的で、外部の人間を信用しちゃいねぇ。そのくせ利用できるものは何でも利用する。マジでタチが悪いぜ」

「自分の物は自分の物、他人の物も自分の物って連中だからな。俺達も自分が自己中なのは理解してるが、あいつらは俺達以上にクズで最悪だ。正直に言って関わりたくもねぇ」

ウコッケ族とモーカウ族の両部族なんて、レイドボスによって全滅すればいいとプレイヤーの多くが本気で思っていた。

だが、新規から中堅あたりのプレイヤーにとってこのイベントはほぼ必須であり、戦争の勝敗に関係なく消化しておく必要があった。

というのも、NPCからの好感度が一定よりも低い状態だと転移ゲートから弾《はじ》き出されてしまう仕様なため、ゲートを使用するためにはやる以外の選択肢がないのだ。

実際のところ、飛空船などの交通機関があるのでそれらを使って移動することも可能なのだがチケットが恐ろしく高く、そもそもチケットの購入にも好感度が影響してくるため、結局のところNPCの好感度を上げる必要があるのだ。

それが嫌ならひたすら金策をするしかないが、なにしろマップは広大であり移動の度に大金を払うのは現実的ではない。それに、ここで上げた好感度は全ての大陸で適用されるので、その後のプレイへの恩恵は大きい。

　プレイヤーとしては、たとえ面倒でも付き合わなければならない宿命だった。

　そうこうしている間にも、二つの部族の舌戦は佳境を迎えていた。

「見よ、我らが勇者の美しさを！　この神鳥の羽ばたきは、貴様らを冥府へと送る断罪の羽音となるだろう」

「ぬかせ！　我らが勇者の雄々しき角の前では、貴様らの羽根など無意味。すぐに毟《むし》り取って食ろうてやるわ！　覚悟せい!!」

『『『やめてあげてぇ!!　その勇者達が今にも死にそうだからぁ！』』』

　互いに自軍の勇者《プレイヤー》を持ち上げるが、その勇者二人は恥辱のあまり死にそうな顔をしていた。

　どうでもいいが、勇者二人の股間には本当に雄々しい角ケースがそそり起《た》ち、それを見た一部のプレイヤーの中には『どっちの角のことだ？』と冷静にツッコミを入れる者もいた。

　それでも助けようとする者はいない。

　他人の尊厳よりもＮＰＣの好感度アップの方が重要なのである。

「埒《らち》が明かん。全軍、進撃せよ！」

「迎え撃つぞ、我らが勇猛なる精鋭よ!!」

　やっと事態が動き、両軍が一斉に武器を構え駆けだした。

　戦略や策などというものが存在しない、単純な暴力の戦いが繰り広げられる。

対してプレイヤーはやる気がない。

この手の戦争イベントで脅威なのはNPCの戦士達ではなく、互いの陣営にいるプレイヤー同士だ。普通なら真剣に戦うのだが、プレイヤー達はこの二つの部族が心底嫌いなので、魔法などを一切使わず思いっきり手を抜いていた。

「ハァ～……やってらんねぇ……な」

「まったくだ。転移ゲートのためでなければこんなのやらねぇよ」

「早く東大陸に行きてぇな……」

適当に鍔迫《つばぜ》り合《あ》いをしながら、気の抜けた愚痴を呟《つぶや》くプレイヤー達。

NPCの好感度アップのため、ここは我慢するしかなかった。

「船酔いに苦しみながら南大陸に来てみれば、あんな連中に扱《こ》き使われるんだもんなぁ～……」

「俺、この戦いが終わったら転移ゲート使うんだ……」

「レイド戦でも始まれば俺達の鬱憤《うっぷん》も解消できるのになぁ～……」

迫るNPCを蹴り飛ばしながら、愚痴を吐き続けるプレイヤー達。

NPCの好感度を一気に跳ね上げるのに最も効率が良いのはレイド戦なのだ。

しかし南大陸ではレイドボスが簡単に出てくることはない。

その理由だが、半ば荒廃した土地や砂漠化した大地が広く、餌となる動植物が少ないので大型動物が生息するにはあまりにも過酷な環境だからだ。

あとはレイドクラスのような超大型生物は成長しきれないことが挙げられる。

次に、レイドクラスの超大型生物は食料が豊富な世界樹近辺でしか出現しないため、砂漠化した土地には滅多なことでは移動してくることはない。

ルルカ・モ・ツァーレ平原は特に大型モンスターが少なく、小型モンスターが必死に生きているような自然環境下にあるので、レイドモンスタークラスが出現する頻度は極端に低かった。

結果、この地域では人間（ＮＰＣ）同士の戦いの方が多いため、社会情勢や種族間の文化などへの理解の深さが重要となり、勢い任せの部族都市国家群に流されない冷静な対応が求められた。

この南大陸序盤の地域で円滑な人間関係を構築できるのであれば、他の大陸の難易度の高い地域でも充分に通用するので、初心者や中堅プレイヤーにとって越えねばならない登竜門なのである。

まぁ、変な価値観を持った部族が多いため、そこが一番難しい問題でもあるのだが。

「やっぱ、大陸の中央に行くべきなのかなぁ～」

「食料の確保が難しいだろ。水だけでもボッタくられるしさぁ」

「よしんば中央に到着しても、俺達のレベルじゃモンスターに勝てやしねぇ」

「武器も弱いしなぁ～……」

南大陸の中央には上位生産職プレイヤーが築いた城塞《じょうさい》都市がある。

元は遺跡であった場所を南大陸の状況に嫌気が差したプレイヤー達が勝手に占拠し、拡張を続けていった結果一大生産拠点と化した。多くのプレイヤー達はそこを目指している。

そこまで辿《たど》り着ければ上位プレイヤー達からのフォローを受けられ、上手《うま》くいけばレベルを一気に上げることができるのだが、実際は簡単なことではない。

大陸中央に進むにつれモンスターのレベルが跳ね上がり、長旅の間は常に小型モンスターや盗賊NPCの襲撃を警戒しなくてはならないのだ。

それは、千人規模で行軍し全滅したという逸話があるほど過酷な旅路となる。

本当に命を賭けた博打《ばくち》なのだ。

「この世界……絶対現実よりも厳しいだろ」

「過酷すぎる……」

「西大陸でしっかり準備しておけばよかったよなぁ〜……」

部族間戦争中にもかかわらず、プレイヤー達は陣営関係なくダラダラと陰鬱《いんうつ》な気分で戦闘を続け、そんな彼らとは裏腹にNPC達は元気だった。

「この鶏冠野郎が、くたばりやがれぇ！」

「ねじれ角など股間隠しにしてやるわっ！」

「鶏なんぞ、食われるためだけに生きている生物だろうが！」

「牛の美味《うま》さを知らぬ野蛮人どもめ、貴様らも食ろうてやる！」

『『『お前ら、肉好きすぎだろ……』』』

鶏肉か牛肉かの違いだけで、どちらも肉大好きな同類にしか見えないプレイヤー達。

彼らの子供じみた不毛な争いは本当に嫌になる。

しかし戦い自体は首や腕が飛んでいるのだから洒落《しゃれ》にならない。

プレイヤーの認識としては、『お前らは世界中から嫌われてんだから、いっそ滅びればいいのに』

の一言に尽きる。

文化的にも民族的にも面倒な連中なのだ。

「あ～……早く決着つかねぇかなぁ～」

「同感だが戦うそぶりは見せろよ。俺が怪しまれんだろ」

「レイドボスでも突然現れて、こいつらを蹴散らしてくれねぇかなぁ～」

「そんな都合のいい話が……ん？」

グダグダな手抜き戦闘をしていたプレイヤーの一人が異変を感じ取った。

地面が突然隆起し、何かが地上にせり上がってきているようだった。

突然の異常事態に混乱するＮＰＣ達。

逆にプレイヤー達は期待に満ちた目で状況を眺めていた。

「おいおいおいおいおい……」

「マジか……」

「このタイミングでぇ!?　最高かよ！」

大量の土砂を巻き上げながら地下から出現したそれに、戦場に立っていた誰もが興奮で色めき立つ。

つまらない戦争が最高の舞台に変わる瞬間だった。

『緊急ワールドアナウンス——南大陸【ルルカ・モ・ツァーレ】平原にてレイドボスが出現しました。レイドボス名【カイザー・アイランドシェル】が一体。お近くのプレイヤーは直ちに迎撃に当たってください。被害予想都市は【アモン・コッケ】、【カウーカ・ウルカ】、【チェンダ・ムーマ】となります。頑張って防衛ならびに討伐を開始してください』

『『『放置でいいんじゃないかなぁ～？』』』

チェンダ・ムーマはともかく、残り二つの城塞都市国家はコケモモ教とフンモモ教の総本山だ。

プレイヤーにとっては消えてほしい国なので、戦わず放置でもいいと本気で思ったが、防衛戦に参加しないとNPCの好感度が下がってしまう。

しかし人間性に問題があるクズ国家の防衛なんてやりたくもないのが本音だ。

「お、俺達はどうしたらいいんだぁあぁぁぁぁぁっ!!」

「おちゃづけ！　ここは戦闘しつつレイドボスを誘導して、あの国ごと連中を……」

「それだぁ!!」

「どのみち長期戦はできん。せいぜい足止めくらいしか今の戦力では無理だしな」

「だけどよぉ～、あのレイドボス……なんかノロそうだぜ？」

「貝だしな……」

「いや、ちょいと待て……」

プレイヤー達が騒いでいるあいだ、カイザー・アイランドシェルは体を殻の内側に縮めだした。

次の瞬間、とんでもない跳躍力で高々と飛び上がると、NPCの戦い合う戦場のど真ん中へと急速降下する。

「「「ぎゃぁあああああああああぁぁぁぁぁっ!?」」」

超重量の物体が落下してきた轟音《ごうおん》と発生した爆発のような砂塵《さじん》に巻き込まれ、周囲にいた者達は木の葉のごとく吹き飛ばされ、運の悪い者達は悲惨な姿へと変わってしまった。

「うっわ……悲惨だな」

「潰《つぶ》されてやんの。ざまぁ～♪」

「真っ赤な、真っ赤なトマトジュースのでっきあがりぃ～」

「いいぞ、もっとやれ！」

プレイヤーにとっては拍手喝采の出来事だ。

胸がすく思いだ。

それだけ両部族のＮＰＣから酷い目に遭わされてきたことが窺《うかが》える。

地面の赤い染みになった者達に対してもゲラゲラと悪意ある笑みを向けていた。

「おのれ……神聖な戦いに割り込むなど言語道断！」

「このデカブツから先に始末してやる」

「同胞の仇《かたき》、晴らしてくれようぞ」

「深紅に輝く鶏冠にかけて！」

「金色の角を恐れぬのであればかかってこいやぁ!!」

逆に怒りで勢いづくＮＰＣ達。

そして彼らは無謀に特攻していくのだが――、

「お～、張り切ってるねぇ～」

「連中がＨＰを減らしてくれるなら万々歳だ」

「それほど甘いモンスターなのか？　あのレイドボス……」

「甘くはないだろ。レイドボスだし……」

「「「ぐあぁぁあああぁあぁぁぁぁっ‼」」」

――突撃していったＮＰＣ達は返り討ちに遭っていた。

正確には捕食されていた。

「なんだぁ⁉」

「触手……なのか？」

「いや、髭《ひげ》だろ」

半透明な体の頭部付近から粘着力のある体液に濡《ぬ》れた触手が無数に生え、ＮＰＣ達を次々と絡め取り開けた口の中へと呑《の》み込んでいく。しかも強酸性の体液で溶かされていく様子が丸見えだ。

グロい。そしてあまりにも惨《むご》い。

Ｒ18表現規制を解除しているプレイヤーは、凄惨《せいさん》でエグい光景をまともに直視してしまい、具合を悪くする者が続出するほどだ。

「うっわ……」

「モザイク処理、解除しないでいてよかった……。これってかなりヤバいでしょ」

「普通にスプラッタな映像を直視することになるからなぁ～。代わりに風俗店なんかに入れるようになるんだけど、何度も通っていると性病になるリアルさだし……」

「最悪、それが原因でバッドエンド。死に戻りができるのって、戦闘でやられたときだけだからな」

「表現規制が入ってると解体が楽でいいんだけどね」

「サイコホラーな映画か、SF映画の地球外生物に襲われる被害者並みに酷いんだもんなぁ～。苦手な人は絶対に規制を解除するな。お兄さんとの約束だぞ」

「どうでもいいが、あのレイドボスってスポンジシェルの進化系だろ？　あの巻貝って草食じゃなかったっけ？」

「あれだけの巨体を草食うだけで維持できんのか？　進化する過程で雑食になったのかもしれん」

モンスターの進化は幅が広い。

草食と思われた種が突然変異で雑食に変化するなどよくあるパターンであり、レイドボスともなるとその巨体から、生きるためにより多くの餌が必要となるため、暴食とも言える獰猛《どうもう》な雑食性へと変質するとされている。

プレイヤーはそうした現実的な設定をモンスターハントに生かすため、常に情報収集に当たっているが、それとて参考程度のもので実際に戦ってみると想像以上に役に立たないことも珍しくない。

ゲームのはずなのにモンスターの戦い方は個体差が激しく、そのリアルさがプレイヤーをどこまでも夢中にさせる。

「あのカイザー・アイランドシェルにとって、人間も貴重なタンパク源なんだろうな」

「そらぁ～、こんなクソ暑い土地なんだぜ？　人間や他のモンスターなんて動く水袋だろ」

「助けに行ったところで盾にされるだけだしなぁ……」

「もう少し足手まといが減ったら攻撃しようぜ。連中が邪魔で思うように攻撃ができねぇし」

カイザー・アイランドシェルの殻に生えた苔《こけ》が、少しずつスポンジのように膨らみ始めていた。

おそらく吸収した水分を回すことで、長期間活動するためのタンクとして利用しているのだろう。

その水分のもとが人間なのだから恐ろしい生物である。

「クソがぁ！　デカいだけの魔物なんぞに我らが負けるはずはない！」

「同胞の仇ィ!!」

「使いたくはなかったが、仕方があるまい……。この武器を使わせてもらうぞぉ！」

一部のＮＰＣの戦士はやけに禍々《まがまが》しい武器を所有していた。

そして、中堅プレイヤーは、その武器がどのようなものなのか記憶に残っていた。

彼らの武器を見た瞬間、そのプレイヤーは戦慄《せんりつ》し叫ぶ。

「に、逃げろぉ！　アレはヤバい！」

「アレって、連中が持っている武器かぁ？　妙に文化的にも不釣り合いな代物だが……」

「まさかアレって…………なんで連中が持ってんだよぉ！」

「【殲滅者《せんめつしゃ》】の連中、アレを売り捌《さば》いていたのか!?　なんて真似を……」

「いいから逃げるんだよぉ!!」

その場から全力で逃げ出すプレイヤー達。

それとは逆に武器に封じられた力を解放し、突撃を敢行する両陣営ＮＰＣの戦士達。

猛然とカイザー・アイランドシェルに迫ると、各々《おのおの》が持った武器を一斉に叩《たた》きつける。

次の瞬間、眩《まばゆ》い光がルルカ・モ・ツァーレ平原を照らした。

同時に凄《すさ》まじい熱量と衝撃波がプレイヤー達に襲いかかり、彼らは吹き荒れる爆風の猛威に必死に耐え、事が収まるのを待ち続けた。

凶悪な破壊の奔流が去り彼らが目にしたものは、無残な姿に変わり果てたＮＰＣ達であった物体と、熱量で溶岩化した大地であった。

「な、な、な、なんだよ……コレ」

「連中が持っていた武器……アレは、【殲滅者】の異名を持つ上位プレイヤーが作った自爆武器だ。あんなものどこから手に入れてきやがったんだ」

「それ、自爆武器を持ってレイドボスに集団特攻したっていう、伝説の？」

「おそらく他のプレイヤーから接収したんだろうな。まともに使ってもいつ爆発するか分からん欠陥武器だった。連中もまさかこれほどの威力だったとは知らなかったんだろ……」

「【殲滅者】……しばらく姿を見かけなかったが、こんなところでも災難をまき散らすのかよ」

「そして、馬鹿みたいな威力の自爆攻撃を受けても、ダメージが半分で収まっているレイドボス。予想以上にタフなモンスターだぜ」

「マジで戦力が足りねぇな……。俺達だけじゃ、あの硬い殻を破壊するのは無理だぞ」

「罅《ひび》一つ入っていねぇし……。一応フレンドチャットで呼び込みしておくかな」

ＮＰＣの戦力は当てにならないと知り、プレイヤー達はフレンドチャットで知り合いに合流してもらうよう働きかけ始めた。

しかし、今はレイド戦の真っ最中である。

ＨＰが半分も減るような攻撃を受けて大人しくしているレイドボスなど存在しない。

急速に高まる魔力の気配が攻撃の予兆であることをプレイヤー達に気付かせた。

「……………あっ、ヤバい感じ」

「何をするつもりか知らんが、逃げたほうがいいかも……」

ゆっくりと巨大な殻をプレイヤー達に向けるカイザー・アイランドシェル。

どうやって標的に狙いを定めているのかは分からないが、巨大な殻が瞬間的に生じた爆発的な加速力をもって、猛然と突っ込んできた。

しかも超高圧水流で回転を加えるというオマケつきで、だ。

「ド、ドリルだとぉ!?」

「逃げ……うわぁあああああぁぁぁ………」

岩をも粉々に粉砕し、プレイヤー達を無残な肉片へと変えていく。

ミンチにされたプレイヤーはポリゴン粒子となって砕け散り、荒野の大気へと溶けて消えていった。

障壁魔法程度では防ぎきれない凄まじい質量攻撃である。

どうやら怒りモードに突入したらしいとプレイヤーは判断した。

「て、撤退だぁ！」

「どこへ逃げるんだよぉ!!」

「アモン・コッケとカウーカ・ウルカにトレインするんだ！　距離的に近いからなあ!!」

「ついでに連中の拠点を潰すんだな……」

恨みのあるNPCへの報復を忘れないプレイヤー達であった。

方針が決まれば即行動。

プレイヤー傭兵《ようへい》部隊は一目散にアモン・コッケの街に向けて逃げ出し、その後をカイザー・アイランドシェルが追いかけるという、恐怖の鬼ごっこが開始されたのだった。

◇　◇　◇

「……やっと地下から出られたかと思ったら、なんだか凄《すご》いことになっているようだねぇ」

「崩落した遺跡の中から、よく生きて戻れたよな……俺様達」

「さてさて、アレをどうしたものか……」

「呪う……俺様のアンデッド軍団を壊滅させやがって……。つぼ焼きにして食ってやらぁ!!」

「醤油《しょうゆ》をかけた後にスダチを垂らすのが通な食べ方だよ」

「ククク……待っているがいい。すぐに深淵《しんえん》の闇に沈めてくれるわ！」

瓦礫《がれき》を吹き飛ばし、やっとの思いで地上に出たゼロスとテッド。

自分達は強制的にレイド戦の参加者となっており、もはや途中で降りることのできない状況。

ついでにテッドはせっかく集めたアンデッド達を無意味に潰され怒り心頭のご様子。

こうして殲滅者二人はレイド戦へ参入するのである。

第八話　おっさんは惨劇を目の当たりにする

神々達はある目的のために新たに創造された世界を神域から俯瞰《ふかん》していた。

剣と魔法の世界という、地球人から見れば非常識な理《ことわり》の中で、多くの生命は生き、あるいは不条理に死んでゆく。

本来であれば魔力に満ちた世界など管轄外なのだが、問題視されているかの世界の情報を用いて虚数領域界に実験的に創造された世界。

そこから得られた情報が今後重要となってくる。

「……随分と巨大生物が繁殖しやすい世界だなぁ～」

「今さらですよ。そもそもドラゴンなんて魔力がなければ飛行なんてできませんし、環境自体はアースと同じでも、大気物質の種類や濃度、重力など様々な要因で進化の過程は変わりますから」

「人間の身体能力も異常なんだよね……。新規プレイヤーなんか代表者に選んだら、向こうですぐ死にそうだし～」

「やはりメインは上位プレイヤーしかないですね」

「それは充分に考慮しているよ。けどね、連中は自重を知らないから、かえって酷《ひど》いことになりそう。所詮《しょせん》は廃ゲーマーだし、こちらの思惑に乗ってくれるかは賭けになるんだよ」

世界の創造主には、まだ迷いがあった。

異常の起きている世界へと送り込む人材の選定。

当然、能力の高いプレイヤーを選ぶのが最適解となるのだが、リストアップされている上位者は、いずれも良識が壊れた異常者ばかりだったのだ。

それこそ送り込んですぐに奴隷ハーレムやチート能力に溺れて世界を壊す方向に向きかねないほど精神が未熟で、生き延びたとしても欲望のままに行動しかねない。

これでは意味がないのだ。

多少はこちらの指示を魂にプログラムできるが、我《が》の強さから好き勝手に行動し始め、目論見《もくろみ》から大きく逸脱する確率が高い。何度もシミュレートを繰り返してみた結果、望む形で動いてくれる候補者達でも確率は小数点以下なのだ。

「なにか、大きなきっかけがないと、想定通りには動いてくれそうにもないんだよね」

「事が動いた後に派遣する者達の準備も始めないといけませんし、困りましたね」

「あいつらが選んでいるプレイヤー、全部肉体言語主義者だし、どう考えても却下でしょ」

「そんなに酷いのですか？」

「アレス、パズス、ポセイドンにゼウス、オーディーン……なんで蛮族プレイしている連中を候補者に選んでんの？　候補者全員が脳筋ヘラクレスみたいな奴ばかりじゃん！　基準がおかしいんだよ。オーディーンに至ってはヴァルキュリアが補佐してんのに、選んだ連中がガチムチマッチョばかり……。考えるより先に殴るような候補者ばかりなんですけど!?　つか、こいつらがパーティーリーダーじゃん。真面目にやる気があるのかはなはだ不安だよ」

「女媧《じょか》やアマテラスが選んだ者達の方がマシですね。武人や侍プレイをしてますから」

「蛮族には変わりないよ。侍だって江戸時代以前は裏切りや家族殺し上等だったんだから、野蛮な時代に憧れてロールプレイしているプレイヤーなんて、危ないだけじゃん。理性的に行動できる候補者はいないの!?」

「ですが、あちらの文明レベルはそこまで落ちていますが？」

創造主は『そうなんだよね……』と呻《うめ》くように呟《つぶや》くと、深い溜息《ためいき》を吐《つ》いた。

元より現代文明に慣れた人間を、中世西洋文化レベルの世界へと送り込むのだ。

潜在意識内に獣のような性質を持っている人間の方が生存率は高く、候補者としては相応《ふさわ》しいことも確かである。

しかし、生き延びるために与えるチート能力に溺れ、欲望の赴くままに暴れ回られても大いに困る。候補者は神々の目的を遂行する工作員であり刺客なのだから。

「確率が一桁だけでも高いほうか……。融合させる使徒の肉体にプログラムを入れたとして、確率はなんとか二桁かぁ～。もう少し絞り込むしかないかな……」

「こちらの意図を察してくれるような知性を持つ変人が、主様《あるじ》のお知り合いにいるではないですか。彼では駄目なんですか？」

「変人って言っちゃったよ……。まぁ、変人には違いないけど、正直彼を送り込んでよいものか迷っているんだよね。シミュレートした結果だけど、高確率であの馬鹿どもを始末しに向かうから」

「管理権限の簒奪《さんだつ》が目的ですからね。問答無用で倒されては困ることは確かです」

「そうなんだよ。サポートに誰かを入れるべきだとは思うんだけど、向こうで合流できるか怪しいところだし、う〜ん……」

リストを眺めながら唸《うな》る創造主。

候補者を送り込んだところで、自分達の思惑から外れた動きをされては面倒な事態が拡大し、それでは彼らを送り込む意味がない。

どのようにして段取りを調整するかが重要であった。

「いっそ、こちらの手札をあの愚か者達に委ねてみてはいかがでしょう。間違いなく彼らの恨みを買うような動きを見せるでしょう。なにせ四柱全員が馬鹿ですから」

「それも考えた。ただ失敗が許されないから悩ましいんだよね。一発勝負だし、成功確率が高まるけど、デメリットの方が大きいよ。帰還する彼らの魂のケアもしなきゃならないから、僕達の仕事が増える一方なんだ。めんどくさ……」

「主様……それが悩んでいる最大の理由なんですか？」

「そうそう。原因が向こうにあるのに、なんで僕達が苦労しなきゃならないのさ」

「苦労してください。私達の世界が危機的状況なのですが？」

「まぁ、数多《あまた》の世界を巻き込んだ世界崩壊なんて洒落《しゃれ》にならないから、真剣に取り組んでるけど……。滅び去った後の始末の方が厄介だしさ」

とある四柱が管理する次元世界（そもそも管理しているのか怪しいが）の不始末に巻き込まれ、

連立する数多の世界が現在進行系で滅びに向かっており、先ほどから主様と呼ばれている存在が管理する世界もこれに含まれていた。

しかも、次元障壁に阻まれこちら側から得られる情報も限られており、手を拱《こまね》いている間にも向こう側で更に事態が深刻化しかねない。

なにしろこちら側と諸悪の根源である世界とでは時間の流れが異なるのだから……。

「連中が遺棄した彼女が封印から目覚めるまで約一年……か。決めた！　向こうに送り込むダミーは大半を引きこもり連中にして、本命はこのリストのプレイヤー達にする。地球の肉体とこちらの【疑似使徒《アバターボディ》】への融合調整をすぐに始めよう。事態が起きたときにすぐに動けるようにね」

「……やはり、彼を送り込むんですね？」

「まぁね。環境適応力は標準値よりも高いし、これで魂の霊質も高ければ僕達のいる領域にだって踏み込んでこれるよ。これを試練に彼の魂も鍛え上げてみようかなってね」

「引きこもり連中をダミーとして送り込む理由はなんです？」

「どうせ家やアパートから外に出ず、自分の世界に浸って社会に貢献できないような連中だよ？　そんな連中なら犠牲になっても良心が痛まないからね。死んでも別に問題ないでしょ」

「しれっと辛辣《しんらつ》なことを言いますね。まあ、死んでも魂はこちらで回収できるよう措置を行いますし、彼らが犠牲になった時間は事象操作で無かったことになりますからね。彼らも自分が死んだなんてことは夢にも思わないでしょう」

「いや、向こうでの記憶は魂に刻まれてしまうから、夢くらいは見ると思うよ？　確かに歴史的には存在しなかったことになるけどさ、観測された事象はどうしても消すことができない。人格に微々たる影響を及ぼすくらいのことは起きると思うね」

「真人間なってくれればいいのですけど……」

「無理じゃね？　全ては胡蝶《こちょう》の夢になるから、現実の記憶に塗り潰《つぶ》されて終わるよ……きっと。生死という現象は時間と物質的なものに囚《とら》われている者が背負う業だし、そこから逸脱できたら僕は新たな同胞として喜んで迎え入れるよ。まぁ、神族が一柱誕生するだけでも気の遠くなる時間を要するけどね」

「結局は何も変わらないということですね」

「そういうこと。物質で構成される三次元世界なんて、行き着く歴史の流れは既に決まっているもんさ。何度も同じことを繰り返してきたし、これからも続いていく。人類が繁栄しようと絶滅しようと、それはあくまでも三次元空間に限られる理の中の事象に過ぎない。僕達観測者や管理権限を与えた神々が大ポカをやらかさない限りは、ね」

事が収束するまでの間、関係者である神々の気が休まらない時間は続く。

だからこそ、検証実験のために創造した疑似異世界【ソード・アンド・ソーサリス・ワールド】に自分達の分身体（アバター）を作り、そこで一般プレイヤーとして遊ぶことでストレスを解消しているのだが……。

「最終的に【ソード・アンド・ソーサリス・ワールド】はどうするおつもりなのですか？　事が終わればもう管理する必要はないと思うのですが」

「他の観測者との共通した意見なんだけど、この世界は残しておくことに決まったよ。せっかく創造したのに消滅させるのはもったいないからね」

「本音は？」

「みんな、子供達と遊びたいんだよ。僕達は力が桁外れに強いから、地上を管理する神々のように直接触れ合うこともできない。けど、この実験領域ではそれが可能。多次元の観測者達も配下の神々を管理役に送ってくれるってさ。もちろん、僕も配下の者を派遣するよ」

「宇宙のリソースは大丈夫なのですか？」

「星系一つ増えたところで大して変わらないよ。なんなら君も一緒に遊ばないかい？　ミカエル」

「既に遊んでいるので、おかまいなく……」

「あっ、そう……」

日々、管理する次元領域の観測や宇宙管理業務で忙殺されている観測者だが、本心では知的生命体達と戯れたいと思っている。

しかし、力が強大になるほどそれは難しい。

分身体を地上に送り込んでも、高次元生命体のエネルギー波動に地上生物の脳が対応できず、精神崩壊を引き起こしてしまうからだ。物質世界に生きる人間達にとって、高次元生命体と接触し存在を認識することは相当な負荷なのだ。下手をすれば人間の身体は量子分解してしまうほどだ。

だが魔力に満ちた世界は違う。

魔力とは三次元世界において高次元エネルギーに最も近い性質を持っており、魔力の満ちていない世界に比べて不可思議なエネルギーの耐性を持つようになる。

つまり観測用端末程度の分身を送っても生物に被害が出ないのだ。

現在、人間達の使用しているアバターは魔力で構築された最も神々に近い肉体であり、さすがに神本体との接触は無理だが、分身体程度であれば人間達と触れ合うことが可能となる。

神々はいずれ自分達の元へ辿《たど》り着く知的生命体の誕生を常に待ちわびている。

その過程を間近で観察できるかもしれないのだから、楽しくないわけがないのだ。

そんな神達の事情を知らない知的生命体達は幸せである。

「ところで主様……」

「なにかな？」

「【ソード・アンド・ソーサリス・ワールド】で遊ぶのはかまいませんが、あの機械骨格フレームは何ですか？　明らかに時代設定に合わない技術のものですけど」

「今頃気付いたのかい？　アレは僕の正体を隠すためのダミーボディだよ。装着するだけで体形を変えられる便利道具さ。まぁ、運営側の特権で用意したんだけど、なにか？」

「子供のような分身体を送り込んでおいて、わざわざあんなものを用意する必要はありますか？長いこと生きておきながら変身ヒーロー気取りは恥ずかしいと思いますけどね。フル装備を見直してくださいよ、明らかに悪側じゃないですか。羞恥心を捨ててまで遊びたいので？」

「遊びたいとも！　もう数字の羅列を永遠に眺め続けるだけの生活は飽きた。別の楽しみで気分を変えないと、やってらんないよ」

次元世界を管理する神々は、世界を構築する膨大なプログラムデータを監視することに飽きており、連立する世界の危機を名目に自分達が遊ぶための世界を、これ幸いと多次元の神々達を巻き込んで構築した。

他の観測者達も速攻で同意を示し協力を始めるほど意欲的に動いたとか……。

神々は転んでもただでは起きない曲者《くせもの》ばかりであった。

◇　◇　◇

レイドボスである【カイザー・アイランドシェル】は、高圧ジェット水流のごとき魔法で高速移動し、多くのＮＰＣ《ノンプレイヤーキャラクター》戦士達やプレイヤーを追いかけ無残に食い荒らしていた。

平原は血で赤く染まり、巨大モンスターの脅威をこれでもかと見せつける。

一部のプレイヤーはフレンドにチャットを送り、討伐の作戦に活かしてもらおうと自己犠牲の精神で行動しているようだが、隙《すき》を見せれば簡単に捕食されてしまうので距離を保つのに必死だ。

少し離れたところに、そんな光景を双眼鏡で覗《のぞ》き見しているゼロスとテッドの姿があった。

「いやぁ～、悲惨だねぇ～」

「この状況を作ったのはおっさんだろ。なんで他人事《ひとごと》なんだよ」

「まさか地底湖にレイドボスが生息していたなんて誰も思わないでしょ。ただの突発的な探索イベントが、なんでレイドイベントに発展してるんだか……。君なら読めるというのかね？」

「まぁ、無理だな……」

「そうだろ？　怪獣映画でも、突然巨大生物が現れ街が破壊される前に予兆や痕跡を序盤に入れるだろ。僕はたまたまその序盤を引き当てたに過ぎないんだから、この惨事は僕のせいじゃないよねぇ」

レイド戦になる前には必ず予兆がある。

森から大量の鳥が飛び立つとか、無数の魔物が何かに怯《おび》えて逃げだすなど、レイドボスが出現する前には分かりやすい現象が確認され、冒険者の探索によって存在を明らかにして、初めてレイド戦イベント扱いとなるのが一般的だ。

今回のような突然出現した大型モンスターの場合は、突発レイドイベント扱いとなる。

プレイヤーが偶然発見したか、何らかの理由で突然動き出したレイドモンスターがＮＰＣを襲撃することでレイド戦扱いとなり、その前段階で食い止めることができれば報酬はかなり美味《おい》しい。

しかし、少数のプレイヤーだけでレイドボスを倒すのは難しく、大抵は失敗に終わる。

レイドモンスターはそれだけ規格外の個体が多いのだ。

「連中、このまま進むとアモン・コッケの街に行くな……」

「たぶん、城壁を利用しての防衛戦で時間を稼ぐつもりなんでしょ。ただ……それがアレに通用するのかねぇ？」

「無理だな。泥を乾燥させたレンガを積んだだけの城壁だぞ、奴の突進を受けただけで粉砕されるのは目に見えて………いや、あいつら……まさか！」

「うん……たぶんだけど、その予想は当たってるんじゃないかな」

事故に見せかけて街を一つ滅ぼす。

特にコケモモ教とフンモモ教の部族連中はプレイヤーにとって邪魔な存在であり、ＮＰＣの好感度を上げる目的以外では特に用がない。

ウコッケ族とモーカウ族の民族性はすこぶる評判が悪く、どこまでも傲慢《ごうまん》で虚栄心に満ち、自分達以外の他人や他の文化を認めようとはしない。

プレイヤーの多くが彼らに酷い目に遭わされているので、この機に乗じて滅ぼそうと企《たくら》んでもおかしな話ではない。むしろゼロスでも推奨したくなるほどだ。

「連中、ボッタくるからなぁ～」

「平然とプレイヤーを騙《だま》すし、どこまでも上から目線で接してくるし、契約を守る気がないから討伐報酬なども難癖つけて安くさせられる。不平不満は限界なんじゃないかな？」

「これ、いいのか？　ＮＰＣって死んだら復活や再設置はされないだろ？」

「いいんでないかい？　連中が滅んでも誰も困らないだろうしねぇ」

南大陸において水源のある街は貴重だ。

しかし閉鎖的な社会を築いている城塞《じょうさい》都市など、プレイヤーにとっては厄介な場所以外の何ものでもなく、滅んでも特に問題はない。

しかも今回はレイド戦だ。

結果的に国が二つほど滅んだとしてもＮＰＣ好感度に影響は及ぼさない。

これは自然災害なのだから。

「それにしても…………」

「グロいねぇ……」

カイザー・アイランドシェルの捕食する姿はエグい。

外側の触手に捕らえられ丸呑《まるの》みされるのも惨たらしい死に方だが、恐ろしいのはその触手にも口が付いており、人間の体に吸い付き肉を溶かしながら捕食していくさまだ。

酷いときは人間の体の内側へと侵入し食い尽くしていくというおぞましさ。

捕らえられたら一巻の終わりなのだ。

「なんで口をあんなに多く持っているんだ？　進化したからか？」

「あの大きさにもなると動くのが面倒なんでしょ。だから普段はなるべく動かないように身を隠し、近づく獲物を捕食するんだと思う。あの図体《ずうたい》だしねぇ、できるだけ多くの獲物を捕食するために触手状の口が増えたんじゃないかな？」

「その触手のような口から極太の針を飛ばしているようだけど？」

「アンボイナとかいう貝が毒針を獲物に刺していたっけ……。神経毒を流し込んで動きを封じ、ゆっくり丸呑みにするんだよ」

「体が半透明だから、腹の中で溶かされていく被害者が見えるんだが……」

「体内は強酸性の体液で満ちているんだろうねぇ。ＮＰＣの装備する剣や槍《やり》なんて爪楊枝《つまようじ》だよ」

果敢に挑んでいくＮＰＣの戦士達は、粘着性のある体液に阻まれてダメージを与えられないでいる。魔法攻撃でなら体液を蒸発させられるだろうが、肝心の魔導士達が恐怖で逃げだすか怯えてその場から動けずにいた。

これでは、自分達を美味しく食べてくださいと言っているようなものだ。

「おっさんは、連中を助けないのか？」

「助ける？　僕が？　あの部族を？　冗談でしょ」

「誰もが嫌いなんだな、あの部族……」

「君が助ければ？」

「それこそ冗談じゃねぇ！　連中なんか、あの化け物に食い尽くされちまえばいいんだ」

悪質な集団詐欺師のような部族を擁護する者はいない。

海岸沿いの国がウコッケ族とモーカウ族を武力で滅ぼそうとしているという噂《うわさ》もあり、その噂が事実であれば、プレイヤーは間違いなくその国側に参戦することだろう。

むしろ『いつ攻め込むんだ？』とプレイヤー達が心待ちにしていたりする。

「連中が滅んでも別の部族がこの辺りを治めるようになるんだよな？　少しはマシな連中だといいんだが……」

「そうとも言えないかな？　歌って踊れる変な連中らしいし」

「おっさん………何か知っているのか？」

「シェギナ教とチェケラ・チヨ教とかいう連中が、領土争いをしているみたいだよ」

「なんだよ、そのやけにご機嫌な名の宗教は……」

「ダンスで世界を救うんだってさ。街の住民も日常でダンスを強要されるらしい」

「それ、職人とか仕事は大丈夫なのかよ」

「駄目でしょ……そんな馬鹿な真似を器用にできる連中なんていやしないよ」

ゼロスは笑って否定した。

だが、そんな彼は異世界で本当に歌って踊れる職人軍団と知り合うことになるのだが、それはまた別の話である。

それよりも今は視線の先で猛威を振るっているレイドボスをどうするのかが先決だった。

「おろ？　なんか……デカブツの様子がおかしくないかねぇ？」

「カタツムリみたいな目だな……。触手を慌ただしく動かしてるし、どうしたんだ？」

巨大生物が何を考えているのかなど分からない。

だが、何かに反応していることだけは確かで、背負っている巨大な殻に生えた無数の突起物から急速に空気を吸い込み始めていた。

同時に下部の大きな突起物からは大量の空気が放出されている。

「な……なぁ、おっさん。アレって…………」

「このパターンは、まさか…………」

信じられない光景だった。

超重量生物のカイザー・アイランドシェルが地面から浮かび、徐々に前方に向けて移動を開始していた。しかも移動速度が増してきている。

「ホ、ホバー走行……だとぉ!?」

「あれ、巨大だけど貝だよね？　巻貝の姿をしたモビル○ーマーじゃないよねぇ!?」

信じられない生態だった。

だが、よく考えてみるとこの挙動はおかしい。

NPCやプレイヤーの攻撃など意に介さない生物が、突然に移動を開始したのだ。

これには何か理由があるように思えてならない。

同じことをテッドも気付いていた。

「突然移動を開始した理由って、なんだと思う？」

「生物が急いで移動する理由かい？　餌場の気配を感じ取ったか、近くに餌となる生物が多くいることを嗅ぎ取ったか………おいおいおい。まさかとは思うが、アモン・コッケの街の存在に気付いたのかぁ!?　ここからどれだけ離れているのか分かってんのかねぇ!?」

「もしかしてだが、今の戦いで餌が多い場所を知覚する的な能力を身につけたんじゃないのか？」

「そうなると、あのカイザー・アイランドシェルは嗅覚が異常に鋭く進化しているってことになる。そして、より多く捕食できる餌場を目指して移動を開始した……と」

「間違いなくアモン・コッケの方角だし、その予想は正しいんじゃないか？」

「徒歩移動だと四日は掛かる距離なんだけどねぇ……。あの速度だったら、一日で辿り着くんじゃないかい？」

砂塵《さじん》を巻き上げながら移動する超巨大巻貝。

その姿はまさに生きた移動する島だ。

アイランドシェルと名付けられるくらい巨大なため、生命維持にはどうしても多くの餌が必要になる。

今も移動しながらも巨大な口を開き、逃げ惑うＮＰＣ達を吸い込んで捕食していた。

しかも極太の長い糞《ふん》を垂れ流しながら、である。

「捕食と移動を同時に行いながら、ついでに脱糞《だっぷん》とは……なんとも失礼な生物だねぇ」

「プレイヤーは上手《うま》く逃げているようだが、普通に犠牲者も出ているな。今、愉快な格好をした奴が食われたようだぞ？」

「それ、あの部族に勇者認定されたプレイヤーじゃないかな？　なんとも恥ずかしく嫌な死に方をしたもんだ」

「プレイヤーは骨すら残さないからいいが、ＮＰＣの骨は糞に残るようだな……」

「アンデッドにするかい？　今なら大量に軍団が作れるよ。弱いけど」

「要らね……。それよりもあの化け物の後を追う」

「追いつけるのかねぇ？」

【ソード・アンド・ソーサリス】の世界は無駄に広い。

このような平原で運送馬車が都合よく現れるわけもなく、ゼロスとテッドは自力で追跡することを余儀なくされる。

さすがにしんどいとゼロスは思っていたのだが……。

「逃がさん……アンデッドコレクションを台無しにしやがった奴を、俺様は絶対に許さねぇ」

「いや、ゲームの中とはいえ、アンデッドって死体だからね？　君の趣味嗜好《しこう》に関しては何も言うことはないけど、それでもレイドボスに挑むほどのことなのかい？」

「当然だろ！　名が通ったNPCの墓を暴いたところでほとんどが骨で、ミイラ化した遺体なんてのはごく少数だ。その遺体をフレッシュ化し、生前の状態に戻す苦労を知らないだろ？　その遺体に憑依《ひょうい》させる高レベルのゴーストなんて、そう簡単に捕まえることなんてできないから、一からレベリングしてやっとゾンビ化が可能になるんだぞ！　その苦労が全て奴のせいで………」

「ゴースト系のモンスターは弱いからねぇ」

「もう少しでアンデッド軍団をあの野郎に差し向けられたのに……」

「あの野郎って、アド君のことかい？　前々から思っていたけど、君、なんでアド君に対してそんなにも敵対心剝《む》き出しなんだ？　彼に何かされたのかい？」

「俺様にもよく分からないが、奴だけはどうしても消し去りたいという衝動が抑えられないんだ。リアルの知り合いに似ているからかもしれん」

「知り合いに似ている………ねぇ」

テッドは、別パーティー【豚骨《とんこつ》チャーシュー大盛り】に所属するプレイヤー、【ADO《アド》】に対して敵対心を向ける傾向があった。

性格的に合わないのか、顔を合わせただけでいつも喧嘩腰になる。

仲裁する側からしてみれば面倒な話だ。

一応はゼロスにとってゲーム仲間であり、時折一緒に行動したり上客としてアイテム類を取引するような間柄なので、テッドが敵意剥き出しで絡むのは少々困ったものでる。

「まぁ、アド君と君の関係はどうでもいいよ。ＰＫ《プレーヤーキル》扱いにならない限りはね」

「俺様もそこまでは馬鹿じゃない。バレないように色々と段取りは踏むさ」

「……あっそ。それより、あのデカブツ君、ホバー移動でかなり先に行っちゃったけど、どうやって追いかけるつもりなんだい？」

「抜かりはない。こうやって……」

テッドは召喚魔法陣を展開すると、二頭の骨だけの馬を召喚した。

その骸骨馬にインベントリーから取り出した馬車を繋《つな》げる。

「馬……持ってたんだ。【ボーンホース】かい？」

「いや、一つ上の進化種で【ブルーボーンホース】だ。疲れ知らずで、重宝するぜ」

「乗り心地は悪そうだけどねぇ……」

ブルーボーンホースは主に死神の騎乗馬として少しばかり名が知られたモンスターだ。

これが更に進化した【テラーブルーホース】に【死神】が騎乗すると【ペイルライダー】になり、首なし騎士の【デュラハン】が騎乗すると【ヘルトルーパー】となる。

状態異常の【恐怖】と【生命力吸収《エナジードレイン》】の特殊効果を持つが、同系統のスキルを持つ騎乗者を乗せることで相乗効果を発揮し、戦いながらも生者を弱らせるコンボを決めてくる厄介な敵となるのだ。

そんな骨馬を二頭も投入するテッド。

「これ、僕達もエナジードレインの餌食になるんじゃね？」

「今さらそんな効果に意味ないだろ。状態異常無効のスキルを持っていやがるくせに」

「そうなんだけど……まぁ、足があるなら別にいいか。それよりもテッド君とのタンデムにならなくてよかったよ。想像するだけで気色悪い」

「俺様だっておっさんと二人で馬に乗る趣味はない！」

「ヒッヒッヒッ、乗るなら女の子の上ってかい？　兄さんも隅に置けないねぇ」

「女……の子？　…………野郎、ぶっ殺してやるぅうううううぅぅぅぅぅっ!!」

「ちょ、僕はまだ荷台に乗って……あぁ～～っ、なんでそんなにエキサイトしてんの!?」

女の子という何気ない単語でテッドは急に暴走を始めた。

なぜテッドが暴走したのかは分からないが、おっさんが地雷を踏んだことだけは確かだった。

馬車に乗って走りだしたテッドを追いかけ、ステータスにものをいわせた跳躍力で荷台に飛び乗ると、振り落とされないよう荷馬車の縁《へり》にしがみついた。

どこかの暴走テイマーのように、不気味な馬に牽《ひ》かれた馬車は平原を突っ走っていった。

◇　◇　◇

【アモン・コッケ】の街は南大陸ではよく見られる円形の城塞都市国家だ。

ウコッケ族の国で、不義理と不実がまかり通り、詐欺や人攫《ひとさら》いなどの犯罪が横行する、正直者が馬鹿を見る国であった。

プレイヤーもここの住民達には何度も騙され、性格を歪《ゆが》められた者達も数知れない。

それほど酷い人間性を持った犯罪者の街である。

道徳や倫理観は皆無と最初から覚悟したほうが被害は少ないだろう。

普通は過酷な環境だからこそ仲間意識や民族的な繋がりを大事にするものだが、彼らは自分達が優位に立つことしか頭になく、そのためであれば家族すら利用し切り捨てる非情さを持っていた。

そんなウコッケ族が唯一信じるものが、鶏頭《にわとりあたま》の半人半獣の神【コケモモ・テーヴァ・ンマー】への信仰――コケモモ教である。

『嫌なことは三歩歩いて忘れろ』、『鶏冠《とさか》が赤いうちは他者を信じるな』、『羽毛の白も黒く染まる』など胡散臭《うさんくさ》い教えを守り、その生活は誠実とか純朴とかいうものとは程遠い。

他にも『弱さを見せれば嘴《くちばし》で突《つつ》かれる』、『駆け抜ければ敵を騙せる』、『財を持つ者には羽音で攫え』などの教えがあるが、その全てを民全体が曲解に曲解を重ねて信じ込んでいた。

早い話、悪党しかこの国にはいないのである。

そんな街に警鐘が鳴り響いた。

「何事だぁ!!」

「報告……南方より、きょ、巨大な何かが……」

「なんだ、はっきり言え！」

「巨大な岩塊が迫ってきております!!」

「岩塊？　貴様、なにを言って……」

「ほ、報告！　現在、迫ってきている巨大な岩塊は――巻貝型モンスターと判明！　おそらくはS級クラスと思われます!!」

「え、S級……だとぉ!?」

衛兵の報告で驚愕《きょうがく》の叫びをあげた指揮官。

しかし、その叫び声と同時に城壁は粉砕され、巨大生物の侵入を許してしまう。

フンモモ教との決着をつけるために兵力を割いたことが裏目に出たようだ。

各地で悲鳴があがり、建築物は為《な》すすべなく瓦礫《がれき》へと変わっていく。

栄光の象徴として街の中心にあったコケモモ・テーヴァ・ンマーの像は潰され、天に届かんばかりにレンガを積み上げた建造中の塔も崩れ落ち、逃げ惑う人々は捕獲されそのまま巨大生物の餌となる運命を辿った。

突然に起きた生物災害。

巨大生物は信じられない速度で人々を轢《ひ》き潰し、肉塊と残骸を残さず腹へ取り込んでいった。

人間が食われるたびに増えていく触手。

それは急速に成長しているようであった。

「な、なんだ……あの化け物は…………」

「げ、迎撃を！　このままでは国が滅びてしまいます！」

「馬鹿を言うな！　あんな化け物など異邦人共に任せておけばよかろう!!」

「そ、それなのですが……」

「なんだ？」

「異邦人共が何やら妙な動きをしていまして……」

「妙な動きだと？」

そう言われ、衛兵が見つめる方向を見る指揮官。

そこには、カイザー・アイランドシェルが破壊した城壁を魔法によって塞《ふさ》いでいる異邦人達の姿があった。

その全員が死に戻ってきたプレイヤーである。

「な、何をやっているのだぁ、連中は！」

「化け物が侵入してきた穴を塞いでいるとしか……」

「そんなことは見て分かる！　あれでは我らが逃げられぬではないか!!」

そう、プレイヤー達がしている行動は街の封鎖であり、これでは住民達も逃れることはできない。

他にも出入りする経路はあるのだが、そちらもプレイヤー達が協力して塞いでしまっているので、完全に街の中に閉じ込められた状況だ。

この様子を見てウコッケ族達は理解した。

「まさか……奴らはこの国ごと、我らをあの化け物に始末させるつもりで……」

「な、なんだとぉ!?」

その『まさか』であった。

今まで散々プレイヤーに無理難題を押しつけ安値で利用し、用がなくなればさっさと追い出してきたツケを、ついに支払うときが来てしまったのである。

それだけプレイヤーが彼らの横暴に耐えかねていたのであろう。

死に戻ったことによりプレイヤーのステータスはペナルティを受け、能力が著しく落ちてはいるものの、それでもNPC達よりは遥《はる》かに強い。

緊急事態の合間に閃《ひらめ》いたたった一つの気付きが、事態をここまで大きくした。

だが、NPC達はどこまでも身勝手で傲慢である。

長い間こうして他人を利用してきた生き方を、今さら顧みることなどない。

そして、自分達が悪かったという意識を持つこともなかった。

「今すぐ奴らを捕縛しろ！　大至急だぁ!!」

「ハッ！」

慌てて動き出す兵士達だが、その大半はフンモモ教との戦争に向かっており戦力が減っている。

そんな状態で果たしてプレイヤーを捕らえることができるかは疑問だ。

実際プレイヤー達は彼らの動きを察知し、自分達の身を守るために【ファイアー・ウォール】や【ストーン・ウォール】などで退路を塞ぎ、手の空いた者達は範囲魔法でカイザー・アイランドシエルに向けて攻撃を仕掛けていた。

もちろん、範囲魔法でNPC達を派手に巻き込んでいる。

「ハッ！　連中、今頃になって気付いたようだぜ？」

「もう遅いわよ！　今までの恨み、ここで晴らさせてもらうわ」

「彼女、何かされたのか？」

「路地裏に連れ込まれて、汚いものをいくつも見せられたんだとさ」

「表現規制を解除してたのか……。それは悲惨だ……」

「俺達のような成人プレイヤーは、行動に自己責任がつきまとう。この街に来た時点で防ぎようがなかったな」

美形アバターを選んでいるプレイヤーは多いが、その見た目で好感度に多少の補正効果が出るメリットとは逆に犯罪者を惹《ひ》きつけてしまうデメリットもあったため、アモン・コッケの街のような場所では犯罪の被害に遭う者達が多発していた。主に性犯罪だが……。

しかもタチが悪いことに、正当防衛で反撃しても好感度が下がるという悪質仕様だ。

治安の悪い街という単純なレベルの話ではない。

「俺達はあくまでもレイドボスを逃がさないために行動している。間違っても連中にざまぁ～なんて言うなよ？　何が原因で好感度が下がるか分からん」

「了解」

「俺達は化け物をこの街に止《とど》めるお仕事をしているだけ。いやぁ～、犠牲者が多くて辛《つら》いわぁ～」

建前はレイドボスの封じ込め作戦。

本音は腐りきった街をレイドボスによって殲滅《せんめつ》させる。

悪意に満ちたアモン・コッケの街は、更なる悪意によって滅びようとしていた。

「建物を燃やしたほうがよくないか？　火事の熱であのデカブツを弱らせることができるかも」

「採用！　魔力に余裕がある奴らは爆発系統の魔法をぶっ放せェ！　レイドボスに少しでも多くダメージを与えるんだ」

「しゃあっ！　くらえ、【ボルケーノ】‼」

「燃えちまいな、【ファイアー・ストーム】‼」

「いっけぇ～、【フレイム・トルネード】………あっ、射程が少し足りなかったわ」

「どんまい☆」

プレイヤーの魔法攻撃によって発生した火災の二次被害。

逃げ惑う者や大声で怒鳴り散らす者もいたが、プレイヤーにとっては彼らがどうなろうとも知ったことではない。

積年の恨みを晴らすべく動き出した一部のプレイヤー達を察し、他の場所に廻《まわ》っていたプレイヤーも同じような攻撃を始め、街は炎に包まれていった。

「火力が足りねぇな……。【ストーム】」

「風魔法でもっと火の勢いを上げるべきだろ。【サイクロン】」

「でかいつぼ焼きができそうだな」

「酒と醤油《しょうゆ》はどこだ？」

火災を引き起こす魔法攻撃を立て続けに放たれ、風魔法に煽《あお》られて被害は拡大し、逃げ道のないNPC達は火災旋風に巻き込まれ無残な死を迎えていく。

阿鼻叫喚《あびきょうかん》の地獄絵図。

今やプレイヤー全員が放火魔だ。

いっそカイザー・アイランドシェルに食われたほうが幸せなのかもしれない。

少なくとも自然界の法則に則《のっと》れば命を繋ぐ食物連鎖の一部となるのだから。

「アレ、どれだけ焼けば死ぬと思う？」

「少なくともまる一日過熱しなければ死なねぇんじゃね？」

「う～ん………だが、耐性スキルがついたりしないか？　弱点がなくなったら後々厄介だろ」

「「あっ！」」

島のような巨大な巻貝に、プレイヤーもどれだけの時間を掛ければ倒せるのか判断がつかない。

NPC達への恨みは晴らせるが、このままだと経験値が入ってこない可能性が高かった。

仮にこの方法でレイドボスを倒せたとしても、それはあくまでも副次的な熱効果による焼死であり、魔法や剣で倒したわけではないからだ。

現実的な話、カイザー・アイランドシェルはその巨体ゆえに体内には大量の水分を内包しており、体の表面部分が焼けたところで傷はすぐに再生してしまう。

しかも足りない水分は近くの餌を捕食することで補えるので、火災の中にいたところでさほどダメージがあるようには思えなかった。

むしろ炎に対して耐性がつくほうが怖い。

レイドボスは突然進化するパターンが多いのだ。

「「「どうすっかな〜〜〜〜ぁ」」」

カイザー・アイランドシェルを倒すには戦力が足りない。

それこそ上位プレイヤーでもいない限り大ダメージを与えるのが難しい。

プレイヤー達が考え込み始めた矢先、ＮＰＣの衛兵がやってきた。

「貴様ら、なにをしている！」

「なにって、見ての通りだけど？」

「我らを閉じ込めて国を滅ぼそうとしているようだが？」

「人聞きのわりぃ……。援軍が到着するまで、奴をこの街に囲い込んでいるだけだぞ？」

「なら、なぜ街を焼く！　我らを滅ぼそうとしている証拠ではないか！」

「なら、お前らがアレと戦えよ。戦力が足りないんだから、住民にも武器を持って戦わせようぜ」

「戦うことしか能のない異邦人の仕事だろ！　我らに犠牲になれというのか！」

「アンタ達の街なんだから、自分達で守りなさいよ。それともなに？　私達がいなければ何もできない坊やなわけ？　散々偉そうにしておきながら情けないわね。それのどこが偉大な戦士なのかしら？　口先だけの、ただの腰抜けよね」

今まで唯々諾々《いいだくだく》と従ってきたプレイヤーが、ここにきて明らかな反抗の意志を示してきたことに、衛兵達は言葉を失った。

確かに彼らは異邦人――プレイヤー達に対し、『我々は神に選ばれた最も偉大な種である』とか、『異邦人共は我々に仕えるために神から与えられた奴隷だ』などと大きな顔で接していた。

閉鎖的な社会で生まれ育ってきたこともあり、それが彼らの常識であることは覆しようもない事実ではあるが、プレイヤー側にもその現実を変えようとする者は誰もいなかった。

しかし、ここにきて明らかな敵対行動をしてきたことで、衛兵達は嫌でも気付くことになる。

今まで馬鹿にしてきたプレイヤーには絶対に勝つことができないという事実に。

だが、その事実を受け入れられるかどうかは別問題である。

「ふざけるな、貴様ら！　こんなことをして、後でどうなるか分かって言ってるのか!?」

「へぇ～、どうなるっていうんだ？　生憎《あいにく》とこの状況は俺達にとっては好都合でね、何をやっても不利益にはならねぇんだよ」

「どういうことだ！」

「つまりぃ～、今まで散々コケにしてくれた恨みを晴らせる絶好の機会ってこと。私達にとってこの国が滅びようと痛手はないもの」

「むしろ、滅亡した後にできる国に期待したいよな。ニワトリとウシの国なんて消えちまったほうがいい」

「な、何を言っているのだ………」

プレイヤーにとっての利益はＮＰＣの好感度だ。

先にも述べた通り、好感度は【ソード・アンド・ソーサリス】の世界の全域で適用され、イベント発生やアイテム購入時の割引などの面で影響を及ぼす。

だからこそコケモモ教とフンモモ教の両部族にも従っていたが、この部族との付き合いはデメリットと精神的な疲労が大きく、恨《うら》み辛《つら》みが溜《た》まるほうが早い。

全ては好感度のためにだが、そんなことを知らない両部族はプレイヤーに対して奴隷のような扱いをしては、反逆の芽を育てていた事実に気付かなかった。

言ってしまえば、これは自然災害を利用した復讐《ふくしゅう》であり、こうなる事態を招いたのは両部族の自業自得だ。

「俺達は共通の目的があったから命令に従っていただけなんだよ。チョーシこきすぎたな」

「早い話、アンタらは用済みってわけね」

「ごっくろうさまでしたぁ〜、大人しく滅んでいって頂戴な♪」

ここにきてＮＰＣ達は異邦人《プレイヤー》の異常性に気付いた。

国ごと大勢の命が消えそうなときに、彼らの態度はどこまでも軽い。

悲劇的な状況の被害者達に笑顔を向け、大勢の命が巨大モンスターに蹂躙《じゅうりん》されるところを見ては不幸を楽しみ、炎で全てが灰になる光景すら『日頃の行いが悪かったね』程度で済ませる。

便利な道具程度に思っていた連中が、実はとんでもない危険性を持った不死の化け物であることに彼らはようやく気付き、受け入れるべきではなかったのだと激しく後悔した。

そう、異邦人にとって自分達の存在など塵芥《ちりあくた》くらいの価値でしかないのだと知ったのだ。

一方で反対側の城壁に待機していたプレイヤーは、いつでもアモン・コッケの街を脱出できるよう準備していたのだが――、

「お〜お〜、やっこさん、暴食だね」

「気のせいか、大きくなっていないか？」

「えっ？　まっさかぁ～」

「いや、殻の突起物も妙に伸びてきているような気が……」

「マジで？」

――カイザー・アイランドシェルの異変に気付いた。

殻の突起物だけでなく、形状も変化し始めているように見える。

そのうえウミウシのような本体からは脚が生えだし、触手の数も更に本数を増やしていることに気付いた。

明らかに新たな進化を始めている。

「まさか、ＮＰＣを食ったことで経験値が溜まったのか!?」

「状況が進化を速めたんじゃないのか？　周囲は火の海で、餌もだいぶ食い尽くしてんぞ？」

「ねぇ、あの突起物……炎を吸い込んでいない？」

「「「えっ？」」」

背中に背負う殻から生えた突起物は急激に、周囲の空気ごと炎を吸収し始める。

カイザー・アイランドシェルの周囲では炎の渦が巻き起こり、徐々に熱量を上げていた。

プレイヤーが火災を風魔法で煽ったときよりも更に温度が増し、地面は溶岩のように煮え滾《たぎ》り始め、周囲の建築物は熱に耐えきれずボロボロと崩れ落ちていく。

一定の熱量に達したとき、カイザー・アイランドシェルから周囲に向けて膨大な炎が噴出し、アモン・コッケの街を津波のように呑み込んでいった。

「やべぇ！」

「逃げろぉ、巻き込まれるぞ！」

「城壁から飛び降りろ、早く!!」

危険を察知して城壁から飛び降りたプレイヤー達の真上を、数千度を超す炎の波が通り過ぎていった。

あと一歩遅れていたら焼き殺されていたことだろう。

仮に炎に包まれた街でプレイヤーが死亡した場合、復活する地点もこの街なので再度焼き殺されることになる。

それではこの復讐が続けられなくなるので真っ先に街の外部へ逃げ出したのだ。

「まるで溶鉱炉だな」

「すっげ……街門から炎が放射線状に伸びてんぞ」

「門の扉は木製だからな。一瞬で炭化して炎が噴き出してきたんだろ」

「城壁も過熱しているようだな……。熱くて近づけねぇわ」

「ウコッケ族の連中……アレで生きていられんのか？」

「全滅確定だろ」

「それより、アレをどうやってもう一方のカウーカ・ウルカの街に誘導するんだろう？」

凶悪な能力を身につけてしまったレイドボス。

ホバー移動する以上、プレイヤーが同行するにしても能力的に難しい。

レイドボスの大半は上位プレイヤーでも太刀打ちできないほどのスペックを持っているからだ。

『ワールドアナウンス――【アモン・コッケ】の街が壊滅しました。【カイザー・アイランドシェル】は【グレート・アイランドシェル】に進化を果たし、城塞都市国家【カウーカ・ウルカ】に向けて侵攻を開始。プレイヤーの皆さんは準備を整え、速やかに迎撃に当たってください。なお、討伐期限は三日となります』

響き渡る運営からのアナウンス。

アモン・コッケの街にいたプレイヤー達は、この後どうするべきか悩むことになる。

「なぁ、俺達……カウーカ・ウルカに行けると思うか？」

「レイドボスの方が早いだろ。速度的にも乗り物のない俺達では追いつけないぞ」

「転移ゲートを使えば……」

「南大陸には転移ゲートが少ないから、たぶん無理じゃね？」

こうしてカウーカ・ウルカの街に向かえないプレイヤーは、レイド戦を断念することとなった。

仕方なく彼らは近場の城塞都市国家に向け、力なく歩き始めたのである。

事実上のリタイアであった。

「ワールドアナウンス……きたねぇ」

「そうだな」

アモン・コッケの街を目指していたゼロスとテッドは立ち往生していた。

それというのも馬車の車輪が脱輪し、修理に時間が掛かってしまったからだ。

いくら荷馬車を牽く馬がアンデッドで疲れ知らずでも、馬車本体の耐久値の限界を超える負荷がかかれば壊れてしまう。

そしてテッドは荷馬車の管理が杜撰《ずさん》だった。

耐久限界を迎えていたのに放置していた結果、車輪脱落によって荷馬車から投げ出されるという不運に見舞われたのである。

「これ、明らかに人災だよねぇ？」

「俺様は悪くない……。こんな脆《もろ》い馬車を作った生産職が悪いんだ」

「他人のせいはよくないねぇ〜。馬車は足回りの耐久値が下がりやすいことは、知っていたはずでしょ。入念にチェックをしなかった君が悪い」

「………」

「そんで、なぜに僕が修理をしているのかねぇ？　君の馬車なのに……」

「乗せてやってるんだから、修理ぐらいしてくれてもいいだろ。それにこの手の作業は得意だろうに。ギブアンドテイクだ」

「割に合わないよ。この馬車の素材、【ガーディアントレント】だろ？　修理代よりも素材の値段の方が高いんですけどねぇ？　この馬車、【エルフリート工房】の製品だろ？　定期的に修繕したほうが金銭的にも安上がりだろうに、なんでここまで酷使してんの？」

「うっ……」

エルフリート工房とは、プレイヤーの種族が全員エルフで構成された生産職の工房であり、主に木工製品や絹製の装備を取り扱っていた。

特に魔導士の装備する杖《つえ》やローブ、アクセサリーなどが有名であり、その値段も初心者が格安で購入できるものから、とんでもなく高価な一級品まで幅広い。

頼めばオーダーメイドの装備も作ってくれる。

もう一つの特徴としては、全員が女性キャラなことだ。

「俺様は、あそこに行きたくねぇんだよ。特に代表である【メリッサ】とは会いたくない」

「彼女は君のことをお気に入りにしていたようだけど、なぜそんなにも毛嫌いしているんだい？　彼女のファンからいつか刺されるよ？」

「あの人が……リアルで野郎だと知らなければ俺だって常連だったさ！」

「…………マジで？」

クラン【エルフリート工房】の代表のメリッサは、見た目がハイ・エルフの女王と思われてもおかしくはない美貌を持ち、滅多に人前に現れることがない。

その彼女がまさか男性だったとは思わなかった。

「薬を仕込まれて身動き取れなかった俺様に、奴は『やらないか？　いや、これは正しくはないな。

嫌でもやらせてもらう』とベッドまで連れ込まれた恐怖がまだある……」

「君、未成年だろ？　十八禁の表現規制がかかってそういった行為はできないはずだけど、解除していたのかい？　あるいは年齢を誤魔化していたとか？」

「俺様の使っている筐体《きょうたい》は、なぜかそういった制約が解除されてんだよ！　今までは特に問題はなかったんだが、奴に襲われたときはマジで焦った……。毒物の耐性を上げておいて正解だったぜ」

「筐体に問題があったか……それより、よく男だと分かったねぇ」

「連中……バックヤードだとめっちゃ言動が男なんだよ。つぅか、所属しているクランメンバーの全員がネカマだった……」

「マジか……」

アバターを女性にしてプレイするのはかまわないが、やるなら最後まで徹底的にロールプレイを貫いてほしいとゼロスは思う。知人であるならなおさらだ。

なにしろ本当に『男が望む理想の女性像』のメンバーばかりだったので、エルフリート工房は多くの男性プレイヤーから支持を受け、裏ではファンクラブもあったほど絶大な人気を誇っていた。

その真実をゼロスも知り、テッドの気持ちが痛いほど理解できた。

夢を壊されたことに軽い眩暈《めまい》すら覚える。

『けど、本当に薔薇《ばら》の人なのかねぇ？　話をした限りだと、女性の好みを訊《き》いてもいないのに熱く語っていたから、僕はてっきり百合《ゆり》側だと思っていたんだが……。もしかしてテッド君、遊ばれただけなんじゃないのかねぇ』

メリッサという人物は、癖は強いし茶目っ気もある。

その観点から見ても、お気に入りの『なんちゃって俺様キャラ』であるテッドで遊んだというほうが正解のような気がした。

「それ、絶対に公表しないほうがいいと思うよ。マジでファンに何されるか分からん」

「する気はない。男どものファンは信じないだろうし、俺様が近づかなければいいだけだし……」

「向こうから近づいてくる可能性もあるかもよ？」

「恐ろしいこと言うなよぉ!?　そんなことになれば、俺様はこのゲームを下りるぞ」

「応急修理終わったよ。じゃぁ、さっさと先を急ごうか」

「スルー!?　俺様の貞操の危機はスルーなのかぁ!?」

R18表現規制のオンオフはプレイヤーの自己責任だ。

また、筐体の不具合はメーカーの問題なのでゼロスが口を挟める余地はない。

もしメリッサが本気でそっち系の人で、仮にテッドがベッドに連れ込まれることになろうとも、おっさんの目の前でない限りはどうでもよかった。

ある意味においては凄《すご》く理解が深い。

「ほれ、僕が車輪を直したんだから、御者はさっさと馬車を動かしなよ。割と時間が掛かっちゃったじゃないか」

「俺様のせいじゃないだろ」

「馬車に関しては君のせいでしょ」

そんなこんなでアモン・コッケの街に辿り着いたゼロスとテッド。

そこで彼らが見たものは――、

「うっわ……ホントに壊滅してやがる……」

「随分と早かったたねぇ……。いくらレベルの低いプレイヤー達がいたからとはいえ、こうも簡単に落ちるものなのか？」

――城塞都市国家の悲惨な姿であった。

解せないのが、プレイヤーもいたはずなのにまともな防衛すらできず滅んだように思えること。

だが、その理由も察した。

プレイヤー全員がこの城塞都市国家に対して反抗したのだろう。

城壁以外の全てが瓦礫と化していることから、内側から住民もろとも焼き払ったのはグレート・アイランドシェルだということは予想できるが、炎は苦手属性であったはずであった。

ワールドアナウンスで進化したとあったので、苦手属性を克服したか適応した可能性が高い。

事態が厄介な方向に動いたことを示している。

「これは、中級プレイヤーがいても攻略は難しそうだな。どうするよ？」

「とりあえず近くにいるプレイヤーを拾って、カウーカ・ウルカを目指そうかねぇ。あとケモさん達にも連絡を入れておくか。ログアウトしてなければいいけど」

「フレンドチャットに入れておけばいいんじゃねぇか？　暇なら勝手に来る……だ、ろ……いや、待った！　今、近くのプレイヤーを回収するみたいなこと言ってなかったか？　まさか俺様の馬車に乗せるつもりかぁ!?」

「それ以外になにがあるのかね？」

「なんで、そんな面倒なことしなくちゃならねぇんだよ」

「決まっている。レイド戦において肉壁は多いに越したことはない。十人もいればそれだけ長く防衛できるってことじゃないか」

「しれっと肉壁って言いやがった」

その後、ケモさんにフレンドチャットを入れたのち、他のプレイヤーをできるだけ拾いながらカウーカ・ウルカの街を目指し荒野を突き進む。

その途中、グレート・アイランドシェルが移動をやめて休息しているところを発見し、間近で与えたダメージの状況を確認したおっさんは、長期戦になることを予感し、今日のところはログアウトすることにしたのだった。

◇◇◇

「――っと、今のがゼロスさん達から来た報告だね。それで、どうする？」

「どうするったぁ〜、どういうこった？」

「だから、レイド戦に参加するのか、それとも放置するのかって話。カノンさんは……どうかなぁ〜。一応は連絡しておくことにして、僕達はどうする？　ゼロスさんからの報告だし、たぶん面倒なことになる可能性が高いと思う」

「んなこと言ったってよぉ〜、他にも上位プレイヤーはいんだろ。俺達が出張る必要はないんじゃねぇか？」

「間に合いそうなプレイヤーが少ないんだよね。だからガンテツさんを誘ってるんじゃないか」

「リーダーよぉ、俺にもやることはあんだよ。素材集めとか、鉱石集めとか、アイテム回収とか」

「うん、つまり暇な時間を趣味に費やせるほどの時間的余裕は、たっぷりあるってことだよね」

レイド戦に参加する気がないガンテツと、笑顔で意地でも参加させようとするケモさん。

【ガンテツ】というプレイヤーは、頭部の半分を剃《そ》り込んだ青みがかった白髪・髭面《ひげづら》の典型的なドワーフアバターで、そのガッシリとした体躯《たいく》は職人というよりは北欧系の戦士のような印象を受ける。

元々は鍛冶師《かじし》だったが、自分で素材集めがしたくなり戦闘職に手を出すという、根っからのクラフター気質である。

自爆にロマンを抱き、いかに盛大な自爆をするかを常に考えている自爆マニアだが、武器や防具を作る職人としては恐ろしく有能であった。

ただ、やはり変人ということもあり、注文を受けて作った武器や防具を受け取りに来たプレイヤーに対し、『お前も自爆装置を取り付けないか？』などと尋ねたりしている。

意外なことだが、ガンテツの自爆武器は切り札として使用されることも多く、使い方次第では有効なダメージをモンスターに与えられることから、愛好者に重宝されていた。

そんな彼は興味のないことには全く動こうとしない傾向があり、無理強いしても意固地になるだけだということも充分承知していたが、幸いなことに彼を動かすための餌をケモさんは知っていた。

さっそくこのカードを切ることにする。

「グレート・アイランドシェルって、今まで倒したことがないよね？　それに奴の殻なんだけど、相当に硬いらしいよ？」

「…………なに？」

「しかも炎に対しての高い耐性もあるみたい。これって武器の材料にならないかな？」

「馬鹿野郎、そういうことは早く言えよな！　リーダーも後出しは狡《ずる》いぜ」

「じゃぁ、レイド戦は参加ということで」

「おう！　早速準備を始めるとすらぁ。ウシシ教の街でいいんだな？」

「フンモモ教ね。転移ゲートの時間には間に合わせてね」

「任しときな。ご機嫌な武器を用意してやんぜ」

ガンテツの言うご機嫌な武器とは、要するに自爆武器である。

そこに一抹の不安を抱きながらも、味方なら頼もしい仲間なので何も言わないことにし、ケモさんはガンテツの工房をあとにした。


人気《ひとけ》のない暗い路地裏を進む。

「出てきなよ。アフラさん」

「お久しブリブリぃ～、主殿《あるじ》。本日もお日柄よろしゅう」

「曇っているけどね」

ターバンを巻いた南方の民の装いをした男が、建物の影に包まれた闇の中から現れる。

一見して普通のおじさんだが、ケモさんは彼が超常的な存在であることを知っていた。

「久しぶり。この世界は随分と安定したようだね」

「初期の頃の手間が嘘《うそ》のようですよね。あちらとこちらの調整に失敗しては時間を遡《さかのぼ》り、修正しては不具合を確かめるの繰り返し……。なんですか、こういうのをブラック企業というんでしたっけ？」

「人間達の記憶操作で苦労したよね。彼らは覚えていないけどさ」

「いやぁ～、あの時の苦労が報われて嬉《うれ》しい限りですよ。こうして再び子らと戯れることができるんですからね。正体は明かせませんけど……」

「はっはっは、君達が正体を明かしたら、今度は世界全体を巻き込んだ終末戦争になるよ。宗教戦争から発展してのラグナロクって、どんな罰ゲームさ」

「我らは忘れ去られた存在ですから、こうして関われるだけでも嬉しい限りですよ」

どこか寂しげな表情を浮かべるアフラと呼ばれた商人風の男。

だがすぐに明るい笑みを浮かべて話を続ける。

「例の四馬鹿がこっそり捨てた大神の封印石、周囲に結界を張り終えましたよ。あとは目覚めるときを待つばかりです」

「さすがにプレイヤー達を近づけるわけにはいかないからね。しばらくは彼女の姿を模した偽物の相手をしてもらう。ただムチャクチャ強いけど……」

「アレ……ぶっちゃけ聞きますけど、本当に倒せるんですか？　偽物でも相当に厄介な難物ですよ。私としては倒せる気が全くしないんですが……」

「障害が大きいほどゲーマーは燃えるんだよ。僕も確認したけど、彼女はだいぶ弱っているようだね。やっぱ能力のほとんどが封印状態なのが大きいかな。アレならギリでなんとかなると思う」

「引きこもりガチ勢、度しがたいですね。失敗は許されないんですが……」

絶対的な存在でも曖昧な表現しかできない。

しかし状況が厳しいはずなのに、ケモさんは楽しそうに語っていた。

「どうでもいいけど、南大陸の例の連中……アレって何なの？　修正前《アップデート前》には存在していなかったよね？　プレイヤーへの記憶改竄《かいざん》が凄く手間だったんだけど？」

「あ～……コケモモ教とフンモモ教でしたか？　確か、ミスラが面白がってウルスラグナを含めた他の脳筋連中を巻き込み、悪ノリで興した宗教だったと思います。私は手を貸していないんで詳しくは知りませんけど」

「プレイヤーから相当恨みを買ってるけど？　状況を利用して抹殺しようとするくらいにさ」

「うわぁ～、そんなことになってるんですか。暗躍した連中を見つけたら、それとなく注意をしておきますよ」

「お願いするよ。民族単位で詐欺師の集団って、何の冗談なのさ」

神々のお遊びは、時として洒落にならない事態を巻き起こす。

厄介なのは巻き込まれる者達の末路だ。

「プレイヤー……いえ、地球人達は知らないですからね。ここが……」

「疑似的にとはいえ、異世界だということには誰も気付けないよ。修正するたびに、そのあたりのことは入念にチェックしたからね。何かのはずみで改竄された記憶を思い出されると、連鎖的に摂理が崩壊しかねない。向こうに送り込む候補者を絞り込む大事の前だっていうのに、君達にはっちゃけられると困るんだけど……」

「なら、今回のことは好都合なのでは？　レイド戦を名目に抹殺しようとしてますよね？」

「元から存在していなかった宗教だから別にかまわないけどさ、見ているほうとしては褒められた事態ではないよ。こちら側の人間がかなり死ぬことになるから、冥界の魂管理部は大慌てになると思う。ハデスやサタンあたりが相当苦労することになるか……。別次元からの神々も応援に来てくれないかなぁ～、人手が足りないよ」

「地球とこの世界の人間同士の戦争ですからね。しかも地球側は事実上不死身なわけですから、これほど不公平な話はないですよ。あまりに酷い」

「事が予定通りに済んだら、こうした差がないように修正するか……。今後もこの世界で遊びたいからね」

「記憶の改竄と歴史事象の改変……大変そうですよね。こちら側の調整に廻って正解でした」

「言わないでよ……。アレ、地味にめんどい作業なんだから……。書き換えた歴史や逆行する時間軸の調整、地球側との時流に帳尻を合わせて記憶を消してから、細かいところまで入念にチェックしないと時間を進めることができない。いくら僕達が時間の流れと無縁な存在だからといって、神経をすり減らすような作業が得意というわけでもないんだ。僕達は基本的には大雑把《おおざっぱ》なのにさ」

「時空間に歪みが生じて、その対処にも追われますけどね。まさに道化の壺《つぼ》状態……やってることは邪神ですよ」

「それも地味にキツい作業……。本体がうんざりしてるよ」

この【ソード・アンド・ソーサリス・ワールド】は、今まで幾度となく歴史の修正と改竄を経て存続している。

だが、プレイヤーとこの世界の住民達はその事実を知らない。

今まで何度も大きな失敗を繰り返し、そのたびに全てを無かったことにされていたなど、事象そのものが書き換えられている時点で誰も気付きようがないのだ。

全ては超越者達の手の上で動いているのだから。

◇　◇　◇

森で素材集めをしていたカノンは、ケモさんからのメッセージに気付き、内容を確かめていた。

その内容に、自分が採取に夢中になっていたことを後悔する。

「レイドボス……グレート・アイランドシェル？　スポンジシェルの進化系かしら？　う〜ん、ちょうど【スポンジシェルの粘液】が切れかかってるし、ちょうどいいか。でも南大陸なのよね。今から向かえばなんとか間に合う？」

彼女がいる場所は北大陸。

ここから南大陸に向かうには船舶や飛空船、あるいは転移ゲートを利用するしかないのだが、時間的に間に合うかが微妙であった。

「南大陸に向かうことはできたとして、転移ゲートから目的地に到着するには時間的にギリギリの距離ね。レイドボスの素材ともなると、魔法薬に加工したときの効果も気になるし……うん、ここは思い切って参加してみようかしらね。間に合わなくてもゼロスさん達から素材を買えばいいんだし」

思い立ったら即行動。

パーティー【趣味を貫き深みに嵌《は》まる】のメンバー――【殲滅者《せんめつしゃ》】は、全員フットワークが軽かった。

彼女を含め所属するメンバーの誰もが趣味に全力で挑む探究者なのである。

第九話　おっさんはカウーカ・ウルカの街に移動する

翌日――いつもの畑仕事に従事する聡《さとし》。

大迫《おおさこ》家の庭先には家庭菜園が広がっている。

個人で食べる分しか作らないので、季節に合わせて何種類か育ててはいるものの、想定以上に収穫できてしまう野菜もあり、処分するのももったいないので保存食を作っていたりする。

キュウリは漬物やナムルといった料理に、トマトはケチャップにするなど、考えつく限り手の込んだことをしていた。

だが、それでもどうしようもない現実がつきまとう。

「トマトケチャップを作ったまではよかったが、消費期限が……」

そう、手作りのものは消費期限が短く、大量に作っても腐らせるだけだ。

貧乏性の聡としては、全部使いきるまで数日はトマト尽くしになる。

なので、今日の朝食も――、

「素麺《そうめん》も余っているし、トマトパスタ風に仕上げてみるか……。今週で何回目だ？」

――トマトスープに冷製トマトパスタ風の素麺。

朝から晩までトマトの赤一色では、さすがに飽きてくるが、独り身なので仕方がなく食べる。

美味《おい》しいだけマシだろう。

「今年はトマトが豊作だなぁ～……ハンバーガーでも作ってみようか。あとでバンズを通販で購入しておこう」

自由に気ままに生活しているが、時々酷《ひど》く虚《むな》しくなる。

まさに孤独なグルメであった。

「どうでもいいが、冷製トマト素麺に松前漬けは合わないな……。これも消費期限がヤバそうだったとはいえ、冒険しすぎたか？」

黙々と朝食を済ませ、テッドとの合流時間に合わせて【ソード・アンド・ソーサリス】にログインする。

庭先で飼っているニワトリの鳴き声が聞こえた。

◇◇◇

「やぁ、テッド君。待ったかい。昨夜はよく眠れたかな？」

「遅い！　何ちんたらやってんだよ」

「そうは言うけどねぇ、朝食を済ませて時間通りにログインしたんだよ？　君こそ早すぎる気がするけど、ちゃんと朝食は食べたのかね？」

「朝食なんてカロリーバーとカップ麺で充分だろ。味噌汁《みそしる》代わりにエナドリ飲めば完璧だ」

「君、そのうち身体を壊すよ？　おじさんは心配だぁ～」

「そういえば最近腹が出てきたような……」

「不衛生な生活はやめとかないと、死ぬぜ？　頼むから遺体となって家族に発見されて、三面記事を飾り立てるようなことにはならないでくれよ？」

「……返す言葉がない」

テッドのリアルの私生活はかなり杜撰《ずさん》で適当なようだ。

本気で体を壊しかねない生活を続けているのだとしたら、年長者として余計なお世話を焼くものである。

「それで、あのデカブツは動いたかい？」

「今のところは寝ているようだな。これならだいぶ時間を稼がせてもらえそうだ」

「まぁ、行動に移すなら早いほうがいいだろうしねぇ。あとは……」

「どんだけのプレイヤーが参加してくれるかだな」

今回のレイドボスは恐ろしく防御力が高い。

しかもホバーで高速移動し、超重量の巨体を魔法で浮かせプレスしてくる。

クリオネのような捕食口と触手も厄介ときた。

「カウーカ・ウルカの街は、確実に滅びると思うねぇ」

「防衛力はアモン・コッケの街とどっこいだしな。それより、なんでチェンダ・ムーマの街が先に襲われなかったんだろうな？　アモン・コッケよりも近いだろうに」

「システム的な要因が関係しているのかもね」

「というと？」

「チェンダ・ムーマの街は既に壊滅状態にあったからね、カイザー・アイランドシェルの餌場になると判断されなかったんじゃないかい？　だからアモン・コッケが襲撃を受けることになったんじゃないかな」

「マジか？　なんでそんな事態に……」

そこでゼロスはチェンダ・ムーマの街が壊滅状態にあった理由をテッドに伝えた。

それを聞いて頭を抱えるテッド。

「まさか、歌って踊れる宗教の話に繋がるとはな……」

「冗談みたいで笑っちゃうでしょ」

「笑い話だったらどれほどマシか……。カウーカ・ウルカで防衛に失敗したら、次はボロボロのチェンダ・ムーマで防衛戦か？　勝てる気がしねぇよ」

「周囲の城壁もいくつか大穴が開いてたからねぇ、防衛力は皆無だったよ」

つまり、カウーカ・ウルカの街が事実上の最終防衛ラインということになる。

だが、アモン・コッケと同様にこの街を滅ぼそうと、多くのプレイヤー達が企《たくら》んでいることは明白であり、このレイド戦は一筋縄ではいかないように思えた。

「とりあえず、馬車移動をよろしく。アンデッドで見た目は悪いけど、背に腹は代えられない」

「俺様が苦労するのかよ。走って付いてくるような気概を持つ奴はいないのか」

「いないでしょ、誰もが楽をしたいんだよ。それに………」

「それに？」

「君の出番はなさそうだよ。アレを見てみ」

ゼロスが青ざめた顔で指した方向には、いつの間にか乗り合い馬車がスタンバっていた。

窮地に一生を得たような他のプレイヤー達も、いそいそと荷台に乗り込んでいるようだが、ゼロスが絶望的な表情を浮かべる理由が分からない。

なんとなく見覚えのある気がしたテッドであったが、普段から乗り合い馬車を使わない彼ではいまだ記憶が結びつかないのか、しきりに頭をひねって思い出そうとする。

だが、その記憶もすぐに思い至ることになる。

「ウヒャ！　ウヒャヤヒャヒャヒャヒャ!!　乗ったなぁ～、ついに乗っちまったなぁ～、俺様最高のライブの舞台によぉ～。てめぇらが俺の楽器だぁ、派手にいい曲を奏でてくれよぉ!!」

「なっ、なんだぁ!?」

「ちょ、速度を落とし……キャァ!?」

「いで！　尻が……振り落とされ………」

「まだまだ序章だぜェ、ここから面白くなるんだからよぉ！　ジジィの腰使いみてぇに、たぁ～っぷりとヒィヒィ言わせてやっからな!!」

このテンションを見て、テッドは彼が何者かを思い出した。

そう、おおよその上位プレイヤーなら必ず被害に遭い、そして現在進行形で犠牲者を出し続けている凶悪テイマー。通称【ハイスピード・ジョナサン】その人である。

「……向こうの馬車の方が大勢乗せられるけど、代わりに地獄への片道切符だからねぇ」

「思い出した……。俺様も以前にひでぇ目に遭ったっけ」

「彼の被害に遭うことは、誰もが通る道なのかもしれない」

猛スピードで地平の彼方《かなた》へと消えていく馬車を見送り、テッドの馬車も安全運転で先を急ぐのだった。

◇◇◇

ルルカ・モ・ツァーレ平原は静かだった。

先にハイスピード・ジョナサンが通過してくれたおかげか、モンスターに遭遇することもなく順調にカウーカ・ウルカの街へと辿《たど》り着く。

「思いのほか早く着いたねぇ」

「まぁ、ブルーボーンホースの十頭牽《び》きだったからな。時間節約も兼ねて正解だった」

「まだレイド参加プレイヤーは到着していないようだ。前回の死に戻りはいるようだけど」

「防衛する気があるのか微妙なんだがな」

カウーカ・ウルカの街にいた先客のプレイヤー達は、どこか目つきが危なかった。

異様なまでの暗い闘志を燃やし、ときおりＮＰＣ《ノンプレイヤーキャラクター》達を見ては嘲《あざけ》るような笑みを浮かべ、警戒される前にその場を立ち去る。今までとは立場が逆転していた。

言ってしまえばプレイヤーのほとんどが挙動不審者となっていた。

「一部、顔色の悪いプレイヤーがいるな？」

「ジョナサンの被害者だよ」

「俺様達を追い抜いていったのに、なんで後から来るんだ？　追い抜いた記憶はないんだが……」

「不思議だねぇ～」

とりあえず被害者の顔は見ないでおいてあげた。

「それよりも、随分と殺気立っているな……プレイヤーが」

「両部族への恨みを晴らせる絶好のチャンスだからねぇ、みんな殺《や》る気に満ちているよ。もし僕が同ランクのプレイヤーだったとしたら、真っ先に参加する。君だってそうだろ？」

「まぁな……。それより、前々から疑問に思っていたんだが……」

「なんだい？」

「あの像……ミノタウロスじゃないんだよな？」

アモン・コッケの街にも神像があったように、カウーカ・ウルカの街にも神像が広場の真ん中に鎮座している。それもとびっきり仕上がったキレてる牛頭《ぎゅうとう》の神像だ。

力を象徴する神らしく、それゆえに住人も脳筋信者の戦士達が多いのが特徴である。

「確か……【モーカウリ・マッカ・プロティーン】の像だったかな？　ミノタウロスに似ているけど別ものらしい。僕にも違いが分からん」

「……儲《もう》かりまっか、プロテイン？　なんで商人の会話みたいな神名なんだよ」

「彼らの古い言葉の意味だと、『逞《たくま》しくも雄々しき力の神』って意味らしい。見事なサイドチェストだよねぇ。ちなみに、弟神の神名が【アニーキ・キレッキレ・ビュリホウ】というらしい。聞きたくもないのにマスクさんから教えてもらったよ」

「マスク？　もしかして【マスクド・ルネッサンス】か？　なんで？」

「彼……フンモモ教の信者だから」

「嘘《うそ》だろぉ!?」

上位プレイヤー、【マスクド・ルネッサンス】。

フルフェイスのヘルムをかぶり、上半身が異常にパンプアップしたアメコミヒーローのようなアバターを使う、超脳筋プレイヤーだ。

『筋肉こそパワーだ』を信条に、彼と同類の脳筋を集めたクランはどこまでも殴りプレイを貫いており、筋肉の筋肉による筋肉のためのプレイを生配信しているほどだ。

見ている分には面白いが、絡まれると面倒なプレイヤーでもあった。

「彼のクラン名、人数が増えるたびにコロコロ変わるから、よく覚えていないんだよなぁ～」

「覚えているクラン名はなんていうんだ？」

「確か、【マッスル・サンクチュアリ】だったかな？　いや、【マッスル・エルドラド】？」

「生産職には迷惑な話だな……。修理や強化した武器を届けに行ったら、クラン名が変わっていて届けられなかった、なんてこともあるんじゃないか？」

「同名のクランもいくらでもあるからねぇ。余談だが、マスクさんはここの部族の四十五代目勇者だったりする。ネットで当時の姿を見れるよ」

「マジか!?　あの人、股間に角ケースを装備してたんか!?　つぅか、見たくねぇ！」

テッドは思わずゴリマッチョが角ケースを装備した姿を思い浮かべてしまった。

ただでさえ素で恥ずかしい格好なのに、フンモモ教の勇者の衣装を嬉々《きき》として身につけてしまうマスクド・ルネッサンスの正気を疑う二人であった。

しかし、よくよく考えてみると肉体美を追求するマスクド・ルネッサンスが細かいことにこだわるはずもなく、ノリノリで筋肉を晒《さら》し続けている姿は容易に想像がつく。

「あ〜、勇者の時でもフルフェイスヘルムは脱がなかったなぁ〜」

「それ、ただの変態だろ」

「このゲームのプレイヤーに常識人がいると思うのかい？」

「……おっさんが言うとスゲェ説得力があるな」

非常識な人間は、自分が常識人であると思い込んでいることがある。

マスク然《しか》り、ゼロス然り、テッド然り。

彼らは自分の信条とプレイスタイルを貫いているところは同じだが、他人のプレイスタイルを見て非常識と思うのだ。

一般プレイヤーから見れば全員が同類なのだが。

「おっ、ゼロスさんだ」

「おや、豚骨チャーシュー・・・のメンマさんじゃないですか。そちらもレイド戦参加組ですかい？」

「たまたま【ボーガ・ルリィ】の街にいてね。レイド戦と聞いて飛んできたよ」

パーティー【豚骨《とんこつ》チャーシュー大盛り】のリーダー、【メンマ・マシマシ】。

安定したメンバーで様々なイベントを攻略する上位プレイヤーで、ゼロス達のお得意様だ。

【豚骨チャーシュー大盛り】は――、
赤髪のイケメン聖騎士でリーダーの【メンマ・マシマシ】(男)。

魔導士で賢者のサブリーダー、【ADO《アド》】(男)。

双剣使いで斬り込み隊長の【カイト・ゲイラー】(男)。

回復役の司祭【ティア・マト】(女)。

斥候役の暗殺者【モヤシ】(女)。

壁役の重騎士【ショウユ・ベース】(男)。

――の六人で構成されている。

ちなみにパーティー名は、初期メンバー三名のアバターネームから連想したもので、チャーシュー麺が大好きだったという理由かららしい。

彼らは【趣味を貫き深みに嵌《は》まる】とも身内のような付き合いをしており、ケモさんの身長詐欺のことも知っている。

「ゲッ……この人がいるということは、奴も……」

「うっ……テッド」

「やはりいやがったか、アド……」

二人ともに凄《すご》く嫌そうな表情を浮かべていた。

お互いが心底嫌いらしい。

「ボーガ・ルリィ？　港街でしたよねぇ、イベントですかい？」

「ちょっと冒険者ギルドの依頼でクラーケン退治をしていました。モヤシの奴が溺れましたけど」

「なっ、リーダー!?　なんで言うのぉ!?」

「船上での戦闘は難しいからねぇ、慣れた人でも何人かは溺れる人は出てきますよ」

「その後、食われたんですけどね」

「うわぁ～……。それはちょっとしたトラウマだぁ～ねぇ」

「グロシーンにモザイクがかかっていてよかったよ。あんなのを見たら、しばらくは何も食べられなくなりそうなほど食い散らかされてたし」

表現規制によってグロ表現は回避できるが、魔物に噛《か》みつかれることや、武器や魔法による攻撃で酷い状態にされる瞬間の恐怖はなかなか慣れにくい。

脳裏から消すこともできず、現実の日常へ戻っても夢で魘《うな》されることもあるほどだ。

このゲームはそれだけ現実感がありすぎるのだ。

「災難だったねぇ。まぁ、君達が参加してくれるのは心強いよ」

「こちらもゼロスさん達がいてくれて助かります。あっ……カノンさんも参加するんですかね？」

「どうだろ……。面白そうな素材でもあれば別なんだろうけど、巨大な貝の殻なんてなにか使い道あったかねぇ～」

「武器や防具にならば加工できそうですけどね」

「だよねぇ～。武器や防具の素材くらいになら……武器？　あっ、テッド君。いくらアド君が気に入らないからといって、ここで戦力が減るような真似はしないでくれよ？　味方は多いほうが楽なんだからさ。前に変わった武器を手に入れたって言ってたでしょ」

「しねぇよ！　せいぜい肉壁に使ってやるさ。実験は耐性の低そうな他の連中で試す」

「聞こえてるぞ、クソ野郎……」

そんな話をしている間にも、カウーカ・ウルカの街に続々と戦力が集まってきている。

突発的なレイド戦でこの状況はよくある光景なのだが、唯一異なるのがこの街自体が他のプレイヤー達から相当ヘイトを買っていることだろう。

なにも起こらないわけがない。

そんな不安を抱えたままレイド戦への準備は着々と進んでいった。

「なんであんなに仲が悪いのかねぇ？」

「リアルで知り合いという話も聞いていませんね。いや、もしかしたら本能的に気付いて、お互いに毛嫌いしているのかも………」

「はっはっは、まさかぁ～。漫画じゃあるまいし、そんな偶然があるわけないでしょ」

「あははは……ですよねぇ～。考えすぎかな」

軽い冗談で笑い合うおっさんとメンマ。

だが後日、その冗談が的中していたことを知ることになるのだが、それは別の世界での話だ。

ともかく、テッドはアドと遭遇してしまったことで不機嫌になり、舌打ちしてどこかへと行ってしまった。

近づきたくないほどアドを毛嫌いしているようだ。

「やぁ、アド君。久しぶりですねぇ、なんでもイカの相手をしてきたんだって？　イカ臭いじゃないか」

「それ、水臭いをかけた下ネタのつもりで言ったのかもしれないけど、全然面白くないぞ。ゼロスさん」

「つれないねぇ～、ここは冗談を交えて『俺様のバズーカで十発はブチ込んでやったぜぇ、ゲハハハハ』くらいは言えないものかね」

「クラーケン相手に何をしろと？　つか、ゼロスさんから見た俺って、どんだけクズいんだよ」

「それにしても、よくレイド戦の前に間に合ったねぇ」

「つっこみは無視かよ……。ちょうどユグドラシルに向かう途中だったからな。ついでにレイドボスを一狩りしていくことになったんだ。んなことより、なんか街の様子がおかしくねぇか？」

なにやらプレイヤー達の熱気が凄いことを、アドは疑問に思ったようだ。

熱気というよりは明らかに殺意なのだから。

「ほぅ、気付いたかね」

「いや、普通に気付くだろ。最初はレイド戦前で戦意が高揚しているのかと思ったが、なんか違う気がするんだよなぁ～。なんて言えばいいのか分からないが、こう……殺意が別の方向に向けられているような……」

「うん、その予感は正しい。ちょいと耳を貸して……ごにょごにょ」

「…………あ～……うん。理解した。そりゃ大きな声では言えないわな」

プレイヤーによる国家壊滅計画をゼロスから聞いたアド。

アドとしても他のプレイヤーの気持ちは痛いほど分かる。

だが、たとえゲームだからといって、一族郎党を殲滅《せんめつ》するような真似をしていいのか疑問に思う。

なまじゲームとは思えないリアル感があることもあり、プレイヤーの倫理に外れた行為に対して良心が痛んだ。

そんな様子を見て、アドがＮＰＣに感情移入しているのかもしれないと推測するゼロス。

【ソード・アンド・ソーサリス】のＮＰＣには人間に近い思考を持つ高度なＡＩプログラムが組み込まれており、どこまでも人間臭く行動するので、アドがこういう反応を示すのも理解できた。

「納得はできても、受け入れられないような顔をしているねぇ？」

「いや、だってそうだろ。確かに連中の悪行は酷いが、犠牲になる連中の中には女や子供もいるわけだろ？　プレイヤーが介入することでまともに変わる可能性すら完全に捨ててるじゃねぇか」

「うん、アド君は真面目だねぇ。けどねぇ、僕達プレイヤーとＮＰＣ達は言ってしまえば異なる民族だ。現実でも民族同士の理不尽で不条理な争いは太古から続いている。そして、どうしても受け入れられないと両者が判断したときに起こるのが戦争なんだよ。彼らは僕達を受け入れる気持ちがなかった。僕達は彼らの民族性が不愉快極まりない。この原始的な文化の彼らと発達した文化で育った僕達との間には、決して埋まることのない深い溝があるんだ。マリアナ海溝並みの深さのね」

「仕方がないから受け入れろと？」

「良識をもって諭しても、彼らが受け入れなかったんだから仕方がない。もう抑えきれないところまでできちゃったんだよねぇ。止められないさ」

それは一つの民族の悲劇だ。

自分達の文化を大切にする気持ちは分かるが、だからといってその文化に固執するあまり教養を育てないことは別問題で、その問題を理解しようとせず我《が》を押し通し続けた結果に過ぎない。

宗教問題も絡んできているから、なおさらタチが悪い。

気付いたときは手遅れで、争いの火種を劫火《ごうか》にまで育て上げてしまったようなものだ。

どこまでも現実に忠実な設定であるがゆえに、プレイヤーは仮想と現実の区別が曖昧になる現象が起きている。ゼロスやアドもその例外ではなかった。

「教養って大事だよねぇ……」

「AIって学習能力があったはずだよな？　否定からは何も生まれないことくらい理解できるだろうに、なんで新たな思想を受け入れようとしないんだ？　そうプログラムされているなら分かるが、連中を見ていると自己学習で環境を作り変えることもできたはず。なんで現状維持を望むんだよ。おかしいだろ」

「それは人類の歴史を知っているから言えることだよ。彼らにはそれがないんだ……。比較の対象がないから現状に甘んじ維持しようとする。そこは人間と変わりないのかもね」

人間の歴史は文化の創造と破壊の繰り返しだ。

破壊を免れた技術や知識は受け入れられ、異なる文化の中へと組み込まれ別のものへと姿を変えていく。

だが変化を恐れることもまた人間の一面だ。

ＮＰＣ達はどこまでも精巧に作られているがゆえに、人間と同じ愚行も犯すのだろう。

「自己完結した文化なんて、いずれ滅び去る運命にある。それを知る知恵者すら否定し排除していたのは彼ら自身なんだから、運命は最初から決まっていたようなものさ」

「それを実行するのがプレイヤーなんだけど？」

「歴史は繰り返す。その悲劇を防ぐためには古き時代の文化を知り、思想や教養をよりよい形に受け入れ発展に繋《つな》げ続けることが重要だよ。そうした国だけが生き延びてきたんだからね」

「そこに子供が巻き込まれるのはなぁ………」

「この世界はＮＰＣ達も含めてリアルだからねぇ、感情移入したくなる気持ちもよく分かるよ。ま・る・で本当の人間のように行動するから、なおさらさ。胸糞《むなくそ》悪いイベントに遭遇したときには特にそう思う。作り物と分かっていても感情がつい動いちゃうんだよねぇ～」

感情があり、自由意思を持ち、時に反抗する姿勢も見せる。

とても作り物とは思えない存在のＮＰＣ達だが、精巧ゆえに人間と同じ過ちを犯し、その愚かさをプレイヤー達に突きつけ、なにかと考えさせられる。

この世界には『所詮《しょせん》はゲームだ』と割り切ることのできない何かがあるのを感じていた。

「事態はもう、止められないところまで来てしまった。僕達は歴史の目撃者になる」

「逃がそうとは思わないわけね……」

「無理でしょ。僕一人が良心の呵責《かしゃく》に苛《さいな》まれて彼らの逃げ道を用意したとしても、他のプレイヤーが目ざとく発見して対策に出るさ。かなり恨まれているからねぇ、この国は……」

「要するに傍観を決め込むってことじゃねぇか……」

「なら、プレイヤー全員を説得してみてくれないかい？　僕には無理だよ」

「…………無理。俺もここのＮＰＣにはえらい目に遭っている。ハハハ……所詮は俺も無力な偽善者ということか。ゼロスさんにどうこう言う資格はねぇわ」

カウーカ・ウルカの街は救えない。

そもそもＮＰＣ達の独特の文化のせいで、大人の恐喝詐欺や犯罪紛《まが》いの強要から子供の窃盗に至るまで、プレイヤー達を散々コケにしてきた。

その被害はアドも身をもって経験している。

いくら良心が痛むとはいえ、それだけの理由でプレイヤー全体の説得などできるはずもない。

「理解したかい？　君の中にもコケモモ教やフンモモ教に対しての強い不満や怒りがある。彼らに関わったプレイヤー全員がそうだ。偽善？　大いに結構じゃないか。それだけ君がまともだということだよ。ただ、その常識が彼らには通用しないというだけさ」

「ただなぁ～……なんというか、気分が悪い。泥棒を発見して追いかけたら、その泥棒が目の前で事故に遭って死んだような、奇妙な罪悪感というものがなぁ～……」

「分かる。僕の家の近くに住む泥ママもデスソースを盗み、救急車で運ばれていったからねぇ。なんとも言えない哀れさとやるせなさは、現場を見た人間なら誰もが抱く感情の発露だろう」

「デ、デスソース……。なんでそんなものを盗んだ……」

「その泥ママみたいな連中の巣窟だと思ったらさぁ〜、『別に滅んでもいいんじゃね？』って思うようになった。結局、『お気の毒、運が悪かったね』程度のことが、国家規模で巻き起こるだけのことだと気付いたよ。結論。もう、どうしようもない」

学習能力があるはずなのに、固定設定なのかモーカウ族は変わろうとしなかった。

こうした閉鎖的な考え方は現実での社会にも存在しているが、これが民族規模となるとプレイヤーでも彼らＮＰＣの文化に変化を与えることは難しく、下手に強要すれば悪感情を持たれてしまう。

犯罪行為を当たり前と考える特殊な文化形態のモーカウ族やウコッケ族に対し、彼らとの間で好感度を上げる努力をすることがいかに無意味であるかを嫌でも分からされ、多くのプレイヤーが絶望し諦めたとしても仕方のないことだろう。

腐敗臭漂う汚水にどれだけ綺麗《きれい》な水を入れても意味がないと悟らされたのだ。

「なんか、複雑な気分だ」

「良心があるから心が痛む、それは正常なことさ。自業自得とはいえ、これから起こるであろう地獄は、見ていて気分の良いものでもないからねぇ。おそらく目の前はモザイクばかりになるよ。ただ、連中は自分達がしでかしてきたことに罪悪感を持っていないから、後になって責任を取れなんて言いだすよ、きっと……。生き残りがいればの話だけどね」

ゼロスも罪悪感のような落ち着かない心の揺らぎを感じている。

指示に従い電流を流すスイッチを押すという作業を命じ、押すとスピーカーから悲鳴が聞こえてくることで、その後の行動心理を調べるという実験をなぜか思い出す。

もちろん、この悲鳴は役者が声をあげるだけで命の危険はない。

この実験の目的は、目の前で行われていることに対して疑問を持ち、善悪で人がいかに行動判断を下すことができるのか調査するもので、被験者は自分が何をやらされているのか分からない。

この心理実験の間に被験者が抱く罪悪感と同じものを、現在ゼロス達は感じていた。

傲慢《ごうまん》で愚かな悪党の自業自得と分かっていても良心が痛むのである。

「このゲーム……リアルすぎないか？」

「凄いよねぇ～。だから面白いんだけど」

どこまでも現実的なゲーム世界。

魔法という技術が追加されているという違いがあるだけで、そこにいる者達の暮らしはリアルと変わらない日常として営まれ、プレイヤー達もそこへと引き込まれる。

本当に凄いゲームだと思っていたとき、事態は動き出した。

『ワールドアナウンス――異常進化種【グレート・アイランドシェル】が活動を開始しました。侵攻ルートには【カウーカ・ウルカ】の街が存在し、一日後に到着が予想されます。プレイヤーの皆さんは入念な準備を整えて迎撃に当たってください』

レイドボスが再び動き出した。

周囲のプレイヤー達もチャットで他の仲間との連絡を行い、必要な回復アイテムの確保に奔走する。情報の共有を行う者達もいた。

そんなプレイヤー達の動きを見てＮＰＣ達も慌ただしく動き出す。

「さて、僕もケモさんに連絡しようかな」

「俺も装備の点検でもしておくか。その前に宿を……あれ？　ウチの連中がいない」

「置いていかれたねぇ。とりあえず、どこの宿に泊まるのか連絡してみれば？」

「そうする」

プレイヤーにとってのレイド戦はお祭り騒ぎ。

ＮＰＣ達にとっては唐突に発生した災難。

その騒動の結末は、まだ誰にも分からなかった。

第十話　おっさんとレイド戦

プレイヤーにとってレイド戦とは最高のイベントである。

参加者の多くは貴重な素材やアイテムが手に入り、それ以外にも報奨金や活躍次第では運営から特別な武器や防具を与えられ経験値も大量に得られる、まさにお祭りであった。

しかしながら、どこでそのお祭りが始まるかまでは予測ができない。

運営側が事前に告知しているイベントであれば、あらかじめ準備を整えることができるのだが、今回のような突発イベントの際にはどうしても参加が難しい者も出てくる。

移動手段も限られているので、当然だが転移ゲートの前は参加者で混み合っていた。

「ほら、ガンテツさん。急いで！」

「おい、リーダーよぉ～。俺は足が短いんだから、走るのは得意じゃねぇ。それに転移ゲートが繋《つな》がる時間帯じゃねぇだろ」

「そう言って乗り遅れたら洒落にならないんだけど？　到着したらお祭りが終わってましたなんて、悲しすぎる結果は嫌でしょ」

「そらぁ～、そうだがよぉ～」

「できる限り前に出るよ。転移制限に引っかかったら参加は諦めるしかないんだから」

転移ゲートが繋がる時刻表を眺めながら、『こらぁ～、ギリギリだな……』とガンテツはぼやく。

大半のプレイヤーは一度転移ゲートで南大陸へと向かい、飛空船を手配して現場へと直行することを考えていたが、どちらも人数制限がある。

仮に南大陸に行けても、飛空船が定員オーバーだった場合、やはりレイド戦には間に合わない可能性が高い。

だが、ケモさんは飛空船を所持しているＮＰＣ《ノンプレイヤーキャラクター》に伝手《つて》があり、そちらを頼ってレイド戦に参加するつもりだ。

「どちらにしても、ギリギリの参入になりそうなんだがなぁ～……」

「あぁ～、もう！　僕はおっさんの手なんか握りたくないのにぃ！」

「誰がおっさんだぁ！　俺はまだ若い」

「ドワーフなんて、みんなおっさんじゃないか。せめて髭《ひげ》を剃《そ》れ」

「髭なくしてドワーフたぁ言えねぇだろ！」

慌ただしく南大陸へ向かおうとするガンテツとケモさん。

彼らがレイド戦に参入できるかどうかは時間との勝負であった……。

◇◇◇

【カウーカ・ウルカ】に【グレート・アイランドシェル】がやってくる当日。

ゼロスは、テッドと段取りについて話をしていた。

「ガンテツさんから報告。ギリギリ間に合うかどうかだってさ」

「あの二人が揃《そろ》うと、なぜか時間との勝負になるよな。まさかギリギリを攻めてんのか？」

「たんに時間にルーズなんだと思うよ？　ケモさんもガンテツさんも、色々と持ち込んでくる癖があるからさ。物騒なものを……だけど。転移ゲートが近くにあるのが幸いだねぇ」

「その物騒なものに何人が犠牲になるんだろうな……ケケケ」

テッドは人の不幸を喜ぶ性格だった。

そんな彼におっさんは『相変わらずだなぁ～』と苦笑いを浮かべた。

『ワールドアナウンス――現在、【グレート・アイランドシェル】は【カウーカ・ウルカ】の街に向けて侵攻中。三分後には肉眼で確認できる模様。レイド戦に参加するプレイヤーは準備を整えてお待ちください。繰り返します――』

運営側からのアナウンスに、他のプレイヤー達は一斉に侵攻してくるであろう東側に広がる平原に視線を向けた。

よく見ると砂塵《さじん》がこちらへと近づいてきている。

しかしプレイヤー達は動かない。

代わりに動き出したのはＮＰＣ達で、戦士一団は街門前で一斉に整列すると、モーカウ族の王らしき男が出陣前の檄《げき》を飛ばす。

「皆の者！　我が国は今、最大の危機に晒《さら》されておる。しかし、恐れることはない！　モーカウリ・マッカ・プロティーン様の加護がある限り、我らの肉体の前に敗北の文字はない‼」

「「「「Ｙｅｓ、Ｍｕｓｃｌｅ！」」」」

「筋肉こそが至高！　筋肉こそが究極の美！　見よ、我らの筋肉は猛《たけ》っておるわ！」

「「「「マッチョ、マッチョメェ――――――ンッ‼」」」」

「恐れる者は我と勇者の背を見よ！　我らの背にこそ栄光が輝くのだぁ‼」

「「「「キレてる！　キレてる！　Ｂｅａｕｔｉｆｕｌ＆Ｎｉｃｅ Ｂｏｄｙ‼」」」」

『『『勇者ぁ――――――ッ‼』』』

戦士達の激しく引き上げられるボルテージとは裏腹に、プレイヤー達は滂沱《ぼうだ》の涙を流した。

なにしろ勇者に選ばれたプレイヤーは、牛の頭部を模したかぶり物を装備する全裸姿で、しかも股間は葉っぱ一枚という哀れな格好で晒し者にされている。

勇者の雄々しい立派な股間の角ケースは、死に戻ったことで降格処分を受けて葉っぱ一枚へと変更されたようだ。新たな事実だが必要のない情報でもある。

不憫《ふびん》な勇者にプレイヤー達は同情から泣かずにはいられない。

しかも勇者はこの装備のままレイドボスに突撃することになるのだ。

「彼はきっと、アバター制作時に筋肉質のカッコいい戦士像を思い描いていたんだろうねぇ……。それが、よもやこんなことに巻き込まれるとは思ってもいなかっただろう」

「今ほど痩せ型のキャラにしていてよかったと思うことはないな。まぁ、あの姿は正直滑稽で見ている分には嗤《わら》えるけどな……」

「ほんと、人の不幸が好きだよねぇ。君って……」

勇者に選ばれてしまったプレイヤーに選択権はない。

彼は恥ずかしい姿のままレイドボスに突撃し死に戻るまで、警察に通報されるレベルの痴態を晒し続けなければならない。今この場でトドメを刺してあげたほうが救われるだろう。

もっとも、たまに運営側が配信する広告映像に使用されたらＯＵＴだろうが……。

「いつもながら威勢だけはいいんだよねぇ～、彼ら……」

「時間稼ぎにもならないだろうな」

辟易《へきえき》しながら城壁の上で様子を見ているゼロス達。

王はそんな彼らの方を振り返ると、プレイヤー達に向けて大声で忠告を出す。

「おぞましき不死者どもよ、貴様らは何もするな！　これは我らの戦いであり、我が国を守るための聖戦ぞ‼　穢《けが》れた貴様らの力など一切借りん。何もせず我らの雄姿を阿呆《あほう》のように眺めておればよいわ！　フハハハハハハッ」

『『『あ～…………どうぞ、ご勝手に……』』』

王の宣言と同時に街門が開かれ、戦士の一団が出陣していく。

その彼らの背中をプレイヤー達は中指を立てて見送った。

◇　◇　◇

一方、南大陸に到着していたカノンは、一路カウーカ・ウルカの街を目指していた。

こちらの馬車はどこかの暴走馬車とは異なり、通常ルートでレイド戦に向かうプレイヤー達を乗せ、安全運転——とは言いがたい速度で整地されていない街道を進んでいた。

『これは……間に合うのかしら？』

カノンが転移ゲートを使用した時間帯は南大陸の最南端への転移だったようで、最初は圧倒的なレベルと膨大な魔法薬でゴリ押しし、強引に世界樹近辺の危険地帯を単身横断していたが、大陸を半分進んだところで飽きたのか輸送馬車に乗り込み、特製の魔法薬を馬に使用して強制的に強化を施し爆走。

荷馬車を牽《ひ》く馬は何度も魔法薬を使われ、もはや制御が利いているのか分からない。

北上するほどにレイド戦に参加しようと同乗するプレイヤーが増え、彼らの重みで馬車の速度が上がらないことに気付いたカノンは、更に馬に魔法薬を服用させるべきかどうか悩んだ。

馬――もとい馬に似たモンスターはそれなりにレベルが高いが、これ以上魔法薬を服用させれば薬物の過剰摂取による心臓麻痺《まひ》で死にかねない。

見た限りでは馬も限界値ギリギリで耐えているように思われる。

この世界は変なところで妙に設定が細かかった。

『ど、どうなっちゃうのかしら？　ここでまた魔法薬を使ったら、この馬はどうなっちゃうの？　気になる……。すっごい気になるぅぅぅぅぅぅっ!!　だめ、駄目よ！　ここでその誘惑に乗ったら、レイド戦に間に合わなく……でも試したい!!』

限界を超えられるのかどうか試してみたい悪魔のごとき好奇心と誘惑との葛藤に、なんとか自分の心を必死に自制させ耐えきると、少しでも落ち着くためにインベントリーから水筒を取り出し、激しく揺れる荷台の上で器用に紅茶を口に含んだ。

『ま、焦っても仕方がないし、ここは間に合うことを信じてのんびりと行きましょうか。無理そうだったら……仕方がないわよね。効能の限界値耐久実験に切り替えればいいんだし』

レイド戦に間に合わなければ目的を魔法薬の実験に切り替えることにしたカノン。

荷台で微笑《ほほえ》む彼女が馬モンスターに向ける視線は、氷のように冷たかった。

ここでひとつ訂正しておくが、彼女が信じているのは自分が作った魔法薬の効果であり、荷馬車を牽く馬のことではない。

魔法薬の効果が有用と分かるのであれば、馬など死んでもかまわないとさえ思っている。

実際にその効果はすさまじく、通常の輸送馬車の五倍の速度で荒野を爆走していた。

当然だが乗り心地は最悪どころか地獄であり、レベルの低いレイド参加希望プレイヤー達は荷台から情け容赦なく振り落とされ、地面に叩《たた》きつけられることで馬車を牽く馬に経験値を与え、レベルアップによるわずかばかりの加速増加に貢献することとなった。

『あら、これで少しばかり重量が減ったわね』

諸悪の根源でありながら、目の前で起きた他人の不幸に対してのカノンの感想は、思いやりの欠片《かけら》もない酷《ひど》く冷徹なものであった。

レイド戦にも参加することができず死に戻ることとなったプレイヤー達が浮かばれない。

グレート・アイランドシェルはホバー移動でカウーカ・ウルカに近づいていた。

およそ生物としてありえない能力ばかりが目立つが、ありきたりな能力も持っている。

それは、産卵だ。

元より雌雄同体の巨大生物で、体内に無数の卵を保有しており、ちょうどアモン・コッケの街で良質な栄養を得たことで、産卵時期が早まっていた。

そして、子孫を育てる場所として、良質な餌が豊富なカウーカ・ウルカの街を目指していたのである。

だが、グレート・アイランドシェルにそんな認識はなく、ただ種の存続と自然界の生存本能に従い餌を目指して進んでいるだけである。

そんなレイドモンスターの前に、ＮＰＣの戦士が立ち塞《ふさ》がる。

「覚悟せよ、化け物め！　我らが聖地を襲う者は、化け物であろうがアリ一匹だろうが、けして容赦はせぬぞ！　皆の者、武器をかまえいっ!!」

「「「「ウオオオオオオオォォォォォォォォッ！」」」」

平原に響き渡る戦士達の雄叫《おたけ》び。

彼らは勇敢にも巨大生物に突撃していくのだが――、

「「「「ギャァアアアアアアアアアァァァァアアァッ!!」」」」

――グレート・アイランドシェルに一切気付かれることなく、あっさりと轢《ひ》き潰《つぶ》されていった。

その光景をカウーカ・ウルカの街の城壁の上から双眼鏡を覗《のぞ》いて見ていたメンマは、

「おいおい……潰されてんだけど？　彼らはあれでレイドモンスターが止まると、本気で思っていたのかい？　だとしたら……」

と感想を漏らし、

「馬鹿……だよな。普通は考えなくても分かるだろ。連中は何を考えてんだ？」

アドも呆《あき》れ気味である。

彼らが脳筋だから無謀な突撃をしたのか、妙な宗教の敬虔《けいけん》な信徒だから考えなしに突き進んだのか、どうしようもない愚か者だから死に急いだのかは分からない。

唯一、分かることといえば、彼らＮＰＣの戦士達に常識は通用しないという一点だけである。

「ブハハハハハ！　マジか、本当に突っ込んでいきやがった。こりゃ傑作だ！　馬鹿だ、救いようのない馬鹿どもがいた‼　連中の頭には知恵の文字がねぇのかよ！　どんなコントだ」

「ま、まぁ……どうしようもない馬鹿なんだろうけど、さすがにこれはないでしょ……」

爆笑するテッドに同意するゼロス。

この場にいる多くのプレイヤーがドン引きしていた。

多くの戦士達が酷い死に方をしており、表現規制アリのプレイヤーから見れば、周囲は見渡す限りモザイクばかり。

あまりにも凄惨《せいさん》な集団自殺だ。

「ゆ、勇者が恥ずか死してる……哀れな」

「ギャグにしても酷すぎるぜ……」

「運営は何考えてやがるんだ？」

「ブラックジョークにしても笑えんぞ……」

「指導者が馬鹿だと配下も馬鹿になるのかしら？」

「ん？　ありゃ……なんだ？」

プレイヤーの一人がわずかな異変に気付いた。

グレート・アイランドシェルの尻のあたりから何か長いものが伸び、球体のようなものを無数に放出している。

それは地面に落ちると割れ、中から全長一メートルくらいの巻貝型モンスターが現れた。

「産卵管!?　嘘《うそ》だろ、奴は配下を産み落とすのか!!」

「見た目はスポンジシェルに見えるけど、殻に苔《こけ》を繁殖させている様子がないから、アレはグレート・アイランドシェルの子供と見るべきかねぇ？」

「おい、リーダー！　アレがどれだけ子供を産み落とすかは分からないが、数が増えると厄介なことになるぞ。現時点での俺達の戦力は少ない」

アドの指摘にゼロスとメンマは互いに顔を見合わせる。

確かに言っていることは正しいのだが、そもそもプレイヤー達はこのカウーカ・ウルカの街を守る気がなく、最初から滅ぼすつもりなのだから、戦力などどうでもよかった。

「あ～、アド……言いたくはないんだけど、僕達はここを守るつもりはないからね？」

「そうそう、僕達は城壁があって戦いやすい街に陣取っているだけで、勝てないと分かったら逃げるから。王様にも手出し無用と言われたしねぇ」

「……本気で見捨てるつもりなのか」

「「当然！」」

よほどのことがない限り、ゼロスですらもアモン・コッケやカウーカ・ウルカに来ることを倦厭《けんえん》するほど、両城塞《じょうさい》都市国家の治安は最低だった。

温厚なメンマもゼロスと同じ考えで、血管がブチ切れるほど酷い民族性なのだ。

「僕、この戦いが終わったら聖騎士から【ブレイブ・ナイト】に転職できると思うんだ」

「ブレイブ・ナイトって確か、ＮＰＣ達に善行を施して、一定の支持率を集めると転職できるんでしたっけ？　メンマさんはその手の依頼を受けていたのかい？」

「えぇ、メンバーの力を借りてシコシコと……。他にも神殿関係の依頼とか、掃除とか……」

「一歩間違えると【神殿騎士《テンプル・ナイト》】に転職しちゃうんですよねぇ～。さじ加減は大丈夫なのかい？　どちらも光属性魔法の熟練度レベルカンストが必須でしょ」

「あとは大きな善行の結果を出すだけです」

戦士から騎士に転職するには一定の条件が存在する。

上位職になるほど条件が増えていき、NPCからの好感度も影響してくる。

特にブレイブ・ナイトは勇者――あるいは正義の執行者という特性上、どうしてもNPC達との交流が必要となり、コケモモ教とフンモモ教の信者であるNPC達はことあるごとにプレイヤーの邪魔をする。正義の執行者になりたいのに彼らから依頼される仕事の大半は悪行なのだ。

確かにNPC達からの好感度は上がるが、同時に隠しパラメーターの業値《カルマ》が増えては意味がない。

しかしプレイヤーであれば一度は関わらねばならないNPCなので、どうしてもカルマ値が増えてしまう。

「あ……だから神殿関係の仕事を受けてたのか」

「カルマ値を下げるには神殿関係での奉仕が大事ですからね。攻略にかまけてNPCの好感度を上げることを疎《おろそ》かにしてしまいましたから、ここまで時間が掛かってるんですよ」

「上位プレイヤーになってからって、かなり遅いですよねぇ。転職するだけなら中堅のプレイヤーでもできているのに……」

「装備やアイテムの素材集めで難儀してましたからね」

【ソード・アンド・ソーサリス】はストーリーを進めるのが難しい。

最終目的が邪神の討伐でも、そこへ行きつくためのフラグや重要アイテムの探索など、あまりにも情報が細分化されているので探し当てるのが困難な仕様だ。

場合によっては遺跡にある何の変哲もない柱にヒントが隠されていることもある。

そして、多くの謎を調べるためには過酷な土地を廻《まわ》る必要があり、そのためには装備やレベルを最大限に上げておく必要もあった。

無論ゲームを進めるうえでの基本だが、パーティープレイをするとそういったスキルレベルやステータス上げが疎かになりがちで、途中で心を折られることになる。

メンマは攻略優先でそうした技能向上や職替えを疎かにしていた。

「リーダー、ゼロスさん……デカブツの動きが止まったぞ？」

「んお？　ふむ………そのようだねぇ」

「妙だ………なぜあんなところで止まる必要があるんでしょう？　街と距離がありますし、攻撃できる範囲からも外れていると思うんですが……」

「どうだろうねぇ……」

プレイヤーの有効射程範囲外から攻撃を仕掛けてくるモンスターはたくさん存在する。

特に大型や超大型のモンスターほど、初見殺しでいきなり射程範囲外から使ってくる傾向が強く、レイド戦などでは注意しなければならない。

ドラゴンなどが特にそうだ。

もし、グレート・アイランドシェルが同様の攻撃手段を持っていたとすれば、こうした大規模なレイド戦が初めてなプレイヤーには荷が重い。

「警戒しろぉ、こちらの射程外からの攻撃が来る可能性があるぞ!!」

「おそらく超水圧の【ハイドロジェットブレス】の可能性が高いな」

「水属性の強いレイドボスだからな」

「盾持ちは受け止めようなんてするなよ？　あのサイズだと一撃で死ぬぞ!!」

レイド戦に慣れているプレイヤー達が他のプレイヤーに注意を促す。

それと同時にグレート・アイランドシェルは貝殻にある突起物から猛烈な勢いで空気を吸い込みだし、半透明な体はまるで風船のように膨らみ肥大化し始めた。

完全に攻撃態勢に入っている。

「おいおい……」

「もしかして……」

「風属性!?　奴はデカくても巻貝だぞ！　普通なら水属性だろ」

呆然《ぼうぜん》とするプレイヤーの様子などおかまいなしに、グレート・アイランドシェルは溜《た》め込んだ空気を圧縮して一気に口から放出した。

超圧縮による空気圧の塊は大地を抉《えぐ》り、カウーカ・ウルカの街の封鎖された街門に直撃するも威力は落ちることなく、渦を巻く空気によって巻き上がった砂塵が巨大な門を削り、街門もろとも粉々に粉砕し中央の大通りを抉りながら王宮に直撃して爆発を引き起こす。

「今の……【デザスターウィンドブレス】か？」

「威力がケタ違いだったけど魔力反応はなかったから、魔法攻撃じゃぁ～ないねぇ……」

「アレが物理攻撃って……」

呆然とするプレイヤー達。

そんな彼らの様子をよそに、産み落とされた小さな巻貝達が一斉にホバー移動を始め、土煙を巻き上げながら攻め込んでくる。

小さいといってもその大きさは一メートル近くもあり、硬い殻に覆われていることから防御力もそれなりにある。剣での攻撃は通用しないだろう。

「攻め込んできたぞ！」

「迎撃用意!!」

「重量武器に持ち替えろぉ、剣ではすぐに折られるぞ！」

「私、短剣なんだけど……。アレに近接戦闘仕掛けるの？　数が多いんですけど」

「弓って効果があるのかなぁ？」

猛スピードで迫る巻貝の軍団。

鑑定スキルで調べてみると【リトル・アイランドシェル】と結果が出た。

そのリトル・アイランドシェルは破壊された街門を突破し、住民へと襲いかかった。

その捕食行動はあまりにも酷い。

子供は丸呑《まるの》みにされ、大人は吸いつかれると同時に体の内側に捕食管を突き刺され、内部から食い尽くされる。

反撃に出たＮＰＣも高速回転する殻によって貫かれ、一方的な蹂躙《じゅうりん》によって屍《しかばね》を晒す羽目になった。

「……モザイクで何が何だかさっぱり分からん」

「あのレイドボス……もしかして餌場を探していたのかねぇ？」

「ギャハハハハッ、見ろよ。人がゴミのようだぁ!!」

「テッド君……。ちょっと不謹慎じゃないかい？」

惨劇の場を嘲笑《あざわら》いながら眺めるプレイヤーと、生存を懸けて必死に足掻《あが》くＮＰＣ達。

第三者の目から見たら異様な光景に映ることだろう。

「き、貴様ら！　さっさと我らを助けんかぁ!!」

「え～？　俺達、アンタらの王様から手出し無用って言われてんだけど？」

「王命には従わないと」

「助けに入っても無視しても文句をつけるんでしょ？　……迷うよな？　どうしたらいいんだ？なぁ？　なぁ？」

「ふざけるなぁ!!」

「やっぱ王様の命令だから大人しくしておく。頑張ってねぇ～」

リトル・アイランドシェルによる捕食行動を放置し、ゼロス達は本命のグレート・アイランドシエルを注視していた。

ゆっくりと近づいてくるその巨体に、多くのプレイヤー達の間には緊張が走る。

なにしろ長距離からの攻撃手段を持っている相手だ。

下手に突《つつ》いて同じ攻撃をされてはこちらの戦力が削られてしまう。

できればカウーカ・ウルカの街に引き込んでから一斉攻撃を始めたいところだ。

「城壁を上がってきたぞ！」

「叩き落とせ！　……だめだ、吸着力が強すぎて壁面から引き剥《は》がせん」

「だ、第二陣が突っ込んできたぁ～～～っ！」

「嘘だろぉ、移動しながら産卵してんのかぁ!?　つか、孵化《ふか》するのが早すぎる!!」

次々と街の中へ侵入してくるリトル・アイランドシェル。

その被害は住民だけでなく、とうとう建物にまで及ぶこととなった。

崩れ落ちる土と煉瓦《れんが》の民家、裕福そうな商人の家屋からは火の手が上がり、それらの建造物を高速回転しながら破壊していくリトル・アイランドシェル。

プレイヤー達のもとにも飛んできたリトル・アイランドシェルは、迎撃され無造作に叩き落とされていく。

だが、体勢の立て直しの速さと元からの跳躍力が実に凄《すご》く、まるでボールがバウンドでもしているかのように縦横無尽に飛び回り、何人かのＮＰＣが直撃を受けたようだ。

「クソがぁ、さっさと我らを助けろぉ！　この、役立たず共がぁ!!」

「誰のおかげでこの国で生きていけると思っているんだ！　化け物の分際で調子に乗ってんじゃねぇぞ!!　戦うことしかできないケダモノ共がぁ！」

「あ～……そういうこと言っちゃう？　なんか、すんごくやる気が出ないなぁ～。助けようかと思ったんだけどなぁ～、そんなこと言われちゃ～ねぇ？」

「帰っちまったほうがいいかなぁ～？　飛び降りたところで死なねぇしな」

生死のかかった状況下で憤慨するＮＰＣ達と、元から助ける気もないくせに煽《あお》りまくるプレイヤー達。実に醜い。

こうしている間にもリトル・アイランドシェルは街の中へと侵入し、ＮＰＣ達を容赦なく捕食していく。グレート・アイランドシェルは街の手前で産卵を継続中だ。

そして、これこそがプレイヤー達が望んでいたものであり、そこにいまだ気付けないＮＰＣ達は実に愚かで滑稽であった。

「おりゃぁ！　たく、だいぶこまい巻貝に侵入を許しちまってるじゃねぇか。そろそろ攻撃しないとヤバいぞ、リーダー!!」

「そうだね。そろそろ反撃に出たほうがいいと思うんだけど、ゼロスさんの意見は？」

「頃合いだね。んじゃ～メンマさんの言う通り、さっそく魔法攻撃を始めようか。まずは真下に集まってきているサザエに向けて、【エクスプロード】！」

「ヒハハハハハハ!!　やっと出番がきたかぁ、待ってたぜェ～覚悟しろよ、タニシ共!!　【ヴェノム・カタストロフ】」

ゼロスが炎系の最大魔法である【エクスプロード】を、テッドが酸と毒風の嵐で攻撃する魔法【ヴェノム・カタストロフ】をそれぞれ放ったのを皮切りに、城壁からプレイヤー達の一斉攻撃が始まった。

彼らが今頃になって攻撃を始めた理由は、もちろん気に入らないNPC達を抹殺することが大きな理由だが、それ以上に、都市部防衛においては一定数の敵が侵入していないと、攻撃したことでペナルティを受けてしまう可能性があるからだ。

逆に言うと防衛すべき都市の内部に一定数の敵を引き込めば、いくらでもNPC達を巻き込んで攻撃したとしても許されるということだ。

「【パラライズ】を使え！　連中《NPC》を逃がすんじゃねぇぞ！」

「そんな真似するわけないでしょ。【スタン・ボルト】」

「おうよ！　こんな稼ぎどき（恨みを晴らす好機）、見逃すわけないわな」

四方八方から放たれる状態異常攻撃の数々。

なんとか門の封鎖を破壊し、扉を開いて逃げようとしていたNPCはその場で毒効果や麻痺を受け、同じく状態異常に罹《かか》っているリトル・アイランドシェルに襲われて、命を散らしていく。

しかしながら、この容赦なき復讐《ふくしゅう》劇が行われている一方で——、

「……ねぇ、イリス。これってレイド戦……なんだよね？」

「そのはず……なんだけど、なんか思っていたのと違う気がする……」

——他のプレイヤーの悪行にドン引きする者や——、

「経験値の稼ぎどきだぁあああぁぁぁぁっ!!」

「おいっ！　勝手に突っ込んでんじゃねぇよ、エロフスキート氏！」

「ぎゃぁ！　ま、麻痺……した」

「言わんこっちゃねぇ……」

「流れ弾には注意しないといけないのに……」

――普通（？）に経験値を稼ごうとしている真っ当《まとう》なプレイヤー。

そして――、

「あ～、なんでこいつらを守らなきゃならないの？　守るんだったら獣人達の方がいいなぁ～。テンションが上がらないよ。まぁ、ドロップアイテムは美味《おい》しいけど……」

「まったくでござる」

「ブロス氏の言う通り、かぶり物をかぶっただけの紛《まが》い物など誅殺《ちゅうさつ》してしまえばいいのだ」

――獣人でもないのにかぶり物や付け角などを装備しているＮＰＣに対し、不満や憤りを持つケモナー達が率先して苛烈《かれつ》な攻撃を放ち、巻き込み、天誅《てんちゅう》を加えていた。

攻撃はあくまでもモンスターに対して行われており、意図的に放たれた斬撃でうっかりＮＰＣを殺したとしてもペナルティにならないことを彼らは熟知していた。

つまり、ケモナー達は普段から気に入らないＮＰＣを意図的に抹殺していることになる。

「……ブロス君、参加してたんだ。今気付いたよ」

「彼、獣人以外のＮＰＣには容赦がないですから……。フンモモ教の信徒達も災難ですね」

「連中、獣人を見下していたからねぇ。この機に乗じて本気で殲滅《せんめつ》するつもりなんだと思う。フンモモ教とコケモモ教に対しては僕ら以上に凄く不満を持っていたからねぇ」

「殲滅はゼロスさん達の十八番《おはこ》のはずでは？」

「ハッハッハ、メンマさんや、僕達がいつも殲滅戦ばかりしてるような言い方はやめてくれないかなぁ～。凄く人聞きが悪いですよ」

「えぇ………」

ゼロスに対してメンマから向けられる冷たい視線が実に痛かった。

「第三陣のおかわりが来たぞ！」

「城壁だけに陣取っていても数は減らせねぇぞ！」

「そろそろ街ごと焼き払うか」

カウーカ・ウルカの街に密集し始めたリトル・アイランドシェル。

さすがに物量戦術への対応が難しくなってきたのか、プレイヤー達は誰に指示されたわけでもなく、挙《こぞ》って範囲攻撃魔法を撃ちまくるようになった。

街を取り囲むかのように噴き上がる爆炎。

発生した炎を風魔法で煽り、火力を意図的に上げ、火災の範囲を広げていった。

そのえげつない攻撃に、ゼロスは『これ、集団放火事件だよなぁ』などと、心の中で呆れたように呟《つぶや》くのであった。

同時刻──次元の狭間《はざま》にある神域にて、神々は慌てふためいていた。

急激に増えていく【箱庭】からの死者の数に、【冥界】を管理していた神々の仕事量は圧迫され、他の仕事に手が回らない状況に陥ったのだ。

「ちょ、どういうことだ!?」

「箱庭で大規模な殺戮《さつりく》でも行われてんのかぁ？　異常に死者の魂の数が増えてるぞ!!」

「ハデス様！　イザナミ様！　これ、いったいどうなってんですか!?」

冥界霊魂管理部、第零《ゼロ》部署。

ある理由から創造された実験星系の管理部署の一つであり、主な役割はありとあらゆる生命体の魂を冥界と呼ばれる特殊な領域に隔離し、輪廻転生《りんねてんせい》が始まるまで穢れを浄化することだ。

無論、すんなりと冥界に送られてくる魂ばかりではなく、中には恨みや憎悪といった負の感情に囚《とら》われ地上に残留する魂も存在しており、そうした者達を回収する仕事も請け負っている。

ただし、どこも人手不足であった。

「「な、なんで私達が担当するときにこんな……」」

冥界や黄泉《よみ》に関わる神々は多いが、有名どころの神々は必然的にこうした仕事に割り振られ、ローテーションを組んでなんとか魂の管理業務を円滑に行っていた。

だが、今回に限って言えば主要な神々が恒例の温泉旅行に出かけており、留守を任されていた者達が緊急事態の対応に追われる形となってしまった。

「じ、地蔵菩薩《じぞうぼさつ》様は!?」

「その、三時間ほど前に食事に出かけられたまま現在は……あっ、いました。現地で子供達の魂の救済に当たっているようです」

「いつもながら仕事がお早いですね。グリムリッパー小隊とヴァルキュリア小隊を現地に送りなさい！　大至急!!」

「出動要請を出しましたが、その……」

「どうかしたのか？」

「その……第七ヴァルキュリア小隊の隊長であるロスヴァイセ様が、『あの方々の魂は穢れています。とても勇者《エインヘリヤル》としては迎えられない矮小《わいしょう》で下卑た穢れし者達ばかりで、冥府やヴァルハラに送るのは憚《はばか》られます。亡者となっても別によろしいのではないですか？』と言ってますが？」

「『駄目でしょ！』」

冥界はいくつかの管理領域に分かれており、その魂が送った人生によって向かう場所が異なる。

悪行を重ねて穢れた魂は罪を清算するべく地獄《ゲヘナ》へと送られ、囚人のような扱いを長い期間、生前の記憶が失われるまで受けることとなる。

転生を迎えるには、まっさらな魂に浄化されるまで過酷な地獄を歩き続けることになるのだ。

問題は、今回地獄送りになる魂の数が多すぎることにある。

「いったい、これほどの魂達はどこの座標から送られてくるのでしょうか？　戦争によるものだとは分かっているのですが、少し多すぎませんか？」

「イザナミ様は休暇明けでしたね。この魂達は箱庭の……口で言うよりモニターに出したほうが早いですね。今データをお出ししましょう」

半透明のキーボードをハデスが叩くと、モニターには今にも燃え落ちそうな城塞都市が映し出された。人々がモンスターから逃げ惑うのをプレイヤーは状態異常効果に巻き込む形で意図的に邪魔をしている。

かなり悪質な行為だ。

「あの……こ、これって」

「えぇ……一部の悪ノリした神々や、パズス殿やポセイドンを含めた脳筋馬鹿達が面白がって布教させた結果、急速に勢力を伸ばし始めたクレイジー宗教国家です。よほど使徒候補者達の恨みを買っていたのでしょうね」

「向こうのデータが揃って一区切りついたと思っていましたのに、こんな……」

「これも候補者選定作業の一環なのですかね？　彼らはこれがゲームだと思っていますが、実は現実で大量虐殺をしていたと知ったら、罪悪感に苛《さいな》まれて正気を保てるか分かりませんよ」

「創造主は『なるべくぶっ飛んだ連中を送り込むつもりだよ』と言っていましたが、ここまで非道な真似ができる者達を本気で送り込むつもりなのですか？」

「そこは精神調整を行うらしいですよ。その調整も完璧ではありませんし、向こうに送られて環境に適応できるタフな者達でなければ意味がありません。時に非道な真似ができる精神をあらかじめ持っていないと駄目でしょうな」

目的があって創造された箱庭だが、データ収集が終わっても滅ぼすのはもったいないとのことで、神々もまた自身の分身を送り込んで人間達との戯れに興じていた。

だが、管理する側はときに貧乏くじを引かされるわけで、現在起きている大量虐殺の対応に追われ残業が確定していた。

できれば人手をもっと回してほしいところである。

「ハァ〜……リストでも大半が極悪人のようですし、何割か亡者としてダンジョンに送り込んでしまいましょう。こうしている間にも多くの魂達が送られてきているのに、一地方の対応にかまけている暇はありません」

「イザナミ様も意外に大雑把《おおざっぱ》ですね。まぁ、時間短縮にもなりますし、その案でいきましょうか。最近残業が多くて、家庭を疎かにしすぎてますから……。一家離散の危機ですよ」

「いいですね、ご家族の仲がよろしくて……」

「旦那さんとはまだ険悪なのですか？」

「向こうが土下座して謝るまで許すつもりはありません」

これ以上は家庭の事情に踏み込むべきではないと判断し、ハデスは部下に指示を出して回収した魂の大半をダンジョン送りにした。

かくして、罪を重ねすぎて澱《よど》んだ魂の者達はダンジョンモンスターとして蘇生され、プレイヤーとの熾烈《しれつ》な戦いを続けることが確定したのであった。

運営の裏側は色々と忙しい。

第十一話　おっさん、レイド戦の最前線で戦う

一時の隆盛を誇った筋肉至上主義宗教国家は、もはや完全に滅んでいた。

プレイヤーにのみ聞こえる運営アナウンスでも、『カウーカ・ウルカの街が滅びました。プレイヤーの皆さんは全力でレイドモンスターの討伐に当たってください』と、無機質な音声で難しい指令を簡単に言ってくれる。

無論レイド戦である以上プレイヤーは全力で戦いに挑み、立ち塞《ふさ》がるモンスターを容赦なく倒す前提で行動しているが、いかんせんプレイヤー側の戦力が少ない。

「……なんというか、みんな非道ですよね」

「今さらそれを言うのかい、メンマさんや。やっちゃったものはしょうがないでしょ」

「いひゃひゃひゃひゃひゃひゃひゃ!! いい……実にいいぞぉ！　好感度のためとはいえ、連中には散々嫌なことをさせられたからなぁ。ざまぁみさらせ！」

「……こいつと同感なところが嫌だが、自業自得だろ。ドブさらいとか、馬糞《ばふん》の撤去とか……」

「【デススメルヘドロゼリー】の討伐なんかもあったねぇ～……」

デススメルヘドロゼリーとはスライムの一種で、凶悪な刺激臭を放つモンスターだ。

主に遺跡などに溜《た》まった水の中に潜み、悪臭で気絶した他のモンスターや蝙蝠《こうもり》などの糞を餌としており、その名の通り死ぬほど臭い。

頭痛、眩暈《めまい》、吐き気、倦怠感《けんたいかん》、止まらない咳《せき》、喉が焼けるような痛み、呼吸困難など、その悪臭を一度嗅いだだけで酷《ひど》い状態異常を引き起こす。一発で戦闘不能にされてしまうのだ。

スライムなだけに弱いのだが、群れで行動するモンスターなので大量繁殖されると厄介なため、アモン・コッケの街やカウーカ・ウルカの街では定期的に討伐依頼が出されていた。

言い方を変えると、嫌なモンスターの討伐をプレイヤーに押しつけていたのだ。

「討伐に失敗したら違約金を払わされましたしね。報酬の倍の料金ですけど……」

「成功しても報酬は難癖つけて値切られたろ……ケッ！」

「ポーションもなんだか分からない草を煮詰めただけの青汁だったし、武器や防具は安物を高値で売りつけられ、しかもすぐに壊れた。国も黙認してるし、これって国家ぐるみの詐欺だろ」

「業を煮やしたプレイヤーが自分達で店を開けば、ショバ代と税金で搾り取る悪質さ。ついでに毎回集団で強請《ゆす》り集《たか》りの因縁をつけてくる。誰もが連中に敵意を持っていたからねぇ」

だが、いざ復讐《ふくしゅう》してみるとなんとも虚《むな》しい。

むしろ、ここまでやる必要はあったのかと罪悪感の方が強く、いたたまれない気分にさせられた。

多少の良心が残っていた他のプレイヤーも攻撃の手を止めており、いまだに攻撃を加えている者達は、テッドのような歪《ゆが》んだ嗜好《しこう》の持ち主くらいだろう。

「しかし……問題はあのリトル・アイランドシェルの数ですね」

「レイドボスがぽんぽん産み落としてるからねぇ」

「自慢のアンデッド軍団で対応したらどうだ？」

「……嫌味《いやみ》のつもりか？　召喚しようにも既にあのデカブツに壊滅させられてんだよ！　俺様の血と汗の努力を無駄にさせやがって………」

『まさか、あのレイドボスが出現した原因って……』

レイドボスは突然出現することもあるが、プレイヤーと偶然遭遇し何らかの行動次第で侵攻を開始するパターンもある。メンマとアドはその原因が目の前の二人にあるのではないかと疑いの目を持った。

「どのみちテッド君のアンデッド軍団でも、このレイド戦では無意味だろうねぇ。美味《おい》しく食べられちゃうと思うよ？」

「分身とも言うべきリトル・アイランドシェルでも、あの暴食ぶりですしね」

「バリスタで本命への攻撃も始まったようだぞ」

「もう近くにまで接近してたのかよ。見張りをしている奴はいなかったのか！」

「溜まった恨みを晴らすのに夢中で、最大の敵を見過ごしてたんだろう。まぁ、別に倒す必要もないんだろうけどねぇ」

そう、レイドボスは別に倒す必要はない。

レイド戦は討伐依頼となってはいるが、最悪でも進行方向を逸《そ》らすなりして狙われた街を守り切れればいいのだ。得られる経験値や報酬アイテムが微妙なものに変わるため、討伐したほうが実入りはよいからと、多くのプレイヤーが倒すことを大前提にしているに過ぎない。

「撤退に追い込むのも骨が折れそうですよね。恐ろしく防御力が高そうですし」

「実際に防御力は高いよ。魔法攻撃もおそらく範囲魔法レベルの高威力を連続して叩《たた》き込まないと、全く効果がないいんじゃないかなぁ～」

グレート・アイランドシェルに向けてバリスタの矢がいくつも放たれているが、硬い殻に阻まれ貫通する様子がない。肉質の柔らかい本体にも当たってはいるが、このレイドモンスターにとっては、トゲが刺さった程度の効果しか与えられていないだろう。

「バリスタが弾《はじ》かれてんぞ。どうやって貫通させせんだよ」

「お前、ガンテツの自爆武器を装備して特攻しろよ。見届けてやるぜ？　ヒヒヒ」

「言った本人が率先して見せてくれよ。あとで参考にしてやるからよ」

「あっ!?」

「おっ!?」

「よくこんなときでも喧嘩《けんか》ができますね……」

「この二人は仲が最悪なほど悪いからねぇ……」

アドとテッドの罵《のの》り合いを白い目で見るメンマとゼロス。

この二人ほど相性が悪い者はいない。

「あの貝殻、破壊できればいいんですけど」

「できないことはないけど、周囲の被害がなんとも……ねぇ？」

強力な魔法ほど味方を巻き込みやすい。

だが被害を度外視してでもダメージを与えておきたいゼロスには、この状況下で有効な魔法に一つだけ心当たりがあったが、使用するべきかは悩みどころだった。

そんなゼロスの態度にメンマも何かを察する。

「あっ……もしかして以前、アドにくれたとかいう魔法ですか？　威力が凄《すご》すぎて使い道のない広範囲殲滅《せんめつ》魔法……。実はまだ試してもらったことがないんですよ」

「威力が大きすぎて使う場所を選ぶ魔法だからねぇ、それは仕方がない」

ゼロスやケモさんといった一部の変態プレイヤーが制作した重力系の広範囲殲滅魔法。

魔力を馬鹿みたいに消費するが、そのぶん威力面では桁外れに強く、周囲の雑魚もろとも一掃できる究極の魔法だ。

しかし、敵味方が入り乱れるレイド戦で使うにはあまりにも危険すぎた。

「以前のレイド戦で試したとき、暴走してましたよね？　大丈夫なんですか？」

「出力調整をミスったときのですよね。アド君に渡したものはその時の経験とデータを参考に、威力の面でスケールダウンさせたものですよ。大元は凶悪なモンスターが使用していた魔法です」

「……あんな暴走魔法をモンスターが？　どんなモンスターだったのか凄く気になるんですが」

「それがねぇ、あまりにも巨大で姿がよく分からなかった。突然出現してさぁ～、いきなり重力魔法をぶっ放してきて死に戻ったからねぇ」

「噂《うわさ》に聞くラスボスでしょうか？　突然に脱出不可能なフィールドに紛れ込んで、問答無用でパーティーが全滅するという話をよく聞きますよ」

「おそらくね。カノンさん抜きのメンバー全員が一瞬だったよ。分かっているのは敵が使った魔法が【闇の裁き】ってやつだということと、周囲のフィールドごと根こそぎ消し飛ばす威力だったことだけさ」

「それ、倒せるんですか？　大規模レイド戦のボスだと思うんですけど……」

ケモさんに誘われ向かった探索地の奥にて、偶然にも入り込んでしまったフィールドダンジョンらしき場所でいきなり戦闘に入り、訳も分からないうちに全滅させられた。

記憶にあるのは理不尽なほどに圧倒的な破壊力を持つ魔法攻撃の威力と、その攻撃魔法と思《おぼ》しき魔法名のみで、どんな敵だったのかまでは今も不明のままだ。

ゼロス達殲滅者《せんめつしゃ》は今もその時のことを覚えているが、彼らのもたらした情報を得て探索に向かった他のプレイヤーは、ついぞ謎のフィールドダンジョンすら探し当てることができなかった。

今も怖いもの見たさにプレイヤー達は探索に向かっているという。

「それよりも、今は目の前のデカブツをどうするかの方が先決だよ。アド君とテッド君や、仲が良いのは認めるけど、そろそろこちらに集中してくれないかい？」

「「よくねぇよ!!」」

噛《か》みつくような形相で真っ向否定する二人。

しかしながら、おっさんは二人の関係に関してとやかく言うつもりはないし、興味も全くない。

今はレイドボスの処理が先決だった。

「あのレイドボスに向かって【暴食なる深淵《しんえん》】をブチかまそうと思うんだけど、二人とも手伝ってくれないかい？」

「ちょ、あの重力魔法を三人で使うのか!?」

「確かに、あのバカでかくて硬い殻をぶち破らねぇと、攻撃が届かねぇわな。そりゃ殲滅魔法の一点集中でないと罅《ひび》すらも入れられないかもしれん。ついでにこの街にも大打撃を与えることができて一石二鳥ってか？」

「ちょうどいい距離まで近づいてきてるし、ここいらで多少はダメージを与えておかないとねぇ」

「ケケケ、いいぜぇ～♪　俺様のアンデッド軍団を壊滅させた恨みがやっと晴らせる」

「他のプレイヤーを巻き込みたくはないんだけど？　恨まれて後からＰＫ《プレーヤーキル》されたら、どう責任取ってくれんだよ」

「ＰＫ《プレーヤーキラー》上等。歯向かってくる奴らなんて体《てい》のいい実験相手でしょ（だろ）。別に恨まれてもよくね？」」

大人のゼロスと自己評価が高い自尊心の塊であるテッド。

全く性格の異なる二人ではあるが、どうでもいい他人に対しての認識は共通していた。

敵対する相手は容赦なく蹴散らす気満々のところが似ている。

「ハイハイ、今はレイドボスの相手が先でしょ。さっさと準備する」

「巻き込まれたなら運がなかっただけの話だ。逆恨みされたら徹底的に潰《つぶ》してやりゃ～いいんだよ」

「逆恨みが専売特許のお前に言われてもなぁ……」

言いながら魔力を集中し、手のひらに漆黒のキューブを形成する三人。

そのキューブをグレート・アイランドシェルの真上に向けて打ち上げる。

「「「【暴食なる深淵】」」」

産卵を繰り返しながらも、ゆっくりとだが確実に城壁へと近づいてくるグレート・アイランドシェルに対し、大賢者クラスの魔導士三人による超重力崩壊力場を発生させる凶悪魔法が発動した。

三重展開された同質の魔法は空間を爆縮させ、放たれた衝撃波がカウーカ・ウルカの街の城壁を破壊しても止まらず、街の中を蹂躙《じゅうりん》する。

周囲を徘徊《はいかい》していたリトル・アイランドシェル達も余波で吹き飛ばし、城壁にいたプレイヤー達も爆風で飛ばされ、あるいは城壁の崩壊に巻き込まれ死に戻る運命が確定したが、それどころの話ではない。

予想以上に被害の規模が大きすぎて街の防衛力は著しく低下することになった。

魔法を使用した三人も容赦なく吹き飛ばされ、建物の瓦礫《がれき》に落下する。

「ゴホ……だ、誰だよ。こんな物騒な魔法を使った馬鹿は……」

「いつつ……決まってんだろ。上位プレイヤーだ…………」

「ねぇ、こんな真似ができる人達って…………」

「「【殲滅者】か!?」」

何かのイベントがあるたびに現れ、酷い騒ぎを引き起こしては謝罪もせずに消える愉快犯。

実装されている魔法を超えた桁外れの威力を持つ改造魔法を使うプレイヤーなど、探しても一握りだ。そして多くのプレイヤーはその名に覚えがあった。

まぁ、正確には異名だが。

「れ、連中が……連中が来ているのか？」

「終わった……。何もかもが終わった…………」

「ふへへ……皆で地獄に落ちようぜェ〜。赤信号も皆で渡ればパラダイスだ」

「いや、地獄への直行便だろ……」

「待て、メンバー全員が揃《そろ》っていないだけマシなんじゃないか？」

「そう……だな。少なくとも自爆《ガンテツ》マニアとケミカルテロリスト、そしてケモミミ伝道師《カノン・カノン》の姿は見当たらない。確認しただけでも地獄の傀儡師《テッド・デッド》だけだ。これならいける！」

多くのプレイヤーにとって殲滅者は、憧れでもあるが同時に恐怖の代名詞であった。

殲滅者には常識も理屈も通じない。

状況を引っ掻《か》き回した挙げ句、単純なイベントの難易度を最難関にまで引き上げ、多くの者達にトラウマを植えつけて去っていく。

一度でもその状況を経験した者達は、しばらく精神的な疲労を抱え込むことになる。

一方、【暴食なる深淵】で吹き飛ばされたゼロス達だが——、

「いやぁ〜、城壁から落とされるとは思ってもみなかったよ。想像以上の威力だったねぇ」

「そら、殲滅魔法を同時に三発もぶっ放せばあの威力にもなるだろ」

「プレイヤーが死んでもアンデッドにできないからな……。嫌がらせには最適なんだが、あんまりこういう魔法は使いたくねぇ……」

そう言いながら回復薬でHPを全快させる三人。

異常なまでに高い魔法耐性のおかげで、四分の一ほどHPを残し耐えきった。

普通のプレイヤーであれば、同一殲滅魔法による三重発動で確実に死亡を免れないのだが、回復薬で全快できる程度に収まっているあたり、ゼロス達のステータスは色々とおかしい。

これも大量に所持している職業スキルや技能スキルの複合相乗効果によるものなのだろうが、そこまで至っていない中堅プレイヤー達からすれば驚愕《きょうがく》レベルの化け物に見える。

まぁ、それゆえに上位プレイヤーは頼りにされるのであろうが……。

「いつつ……。ゲームでなかったら普通に死んでましたよ」

「おや、メンマさんも近くに落ちたんで？」

「本気で死を覚悟しましたけどね……。爆殺される被害者の気分を味わいましたよ。他の皆が生きているといいんですが……」

「この程度で死するようなメンバーじゃないでしょ。彼らのレベルも相当高いんだし、たいしたダメージは受けていないと思いますがね」

「あなた方とレイドに挑むと、スリリングな体験に事欠かないですね」

「さて、それよりもレイドボスにはダメージを与えられたかねぇ…………って、嘘《うそ》ぉ～ん」

徐々に土煙が晴れていく中で、グレート・アイランドシェルの状態が明らかになる。

確かに巨大な貝殻には亀裂が入っているようだが、全てを粉砕するまでには至らなかったようである。

とんでもない防御力だった。

「あ、あの攻撃で破壊できなかった……ですと!?」

「どんだけ頑丈なんだよ、あのデカブツ!!」

「信じられない防御力だ……。ドラゴンよりも硬いんじゃないか？」

「こりゃぁ〜、もう二、三発ぶち込んだほうがいいのかねぇ〜」

周辺の被害に比べ、グレート・アイランドシェルの受けたダメージはかなり小さかったようだ。

呆然《ぼうぜん》とする四人の周囲ではプレイヤー達が瓦礫の中から這《は》い出してくる様子が見られた。

その姿はまるでゾンビのようである。

「今度は手加減抜きに最大威力にする？　それくらいやらないと邪魔な貝殻を排除できそうにないんだけどねぇ。見た目以上に防御力が高すぎるわ」

「それをやったらプレイヤー側が全滅しそうですよね」

「でも半端な魔法じゃ通用しなさそうだもんな……」

「耐久値の低い魔導士が軒並み死に戻っているようだが、これって笑うところだよな？　状況的には笑えねぇけど……」

「もう、近接戦に持ち込むしかないんじゃないかい？」

そう言いながら、めんどくさそうにインベントリーから巨大ハンマーを取り出して担ぐゼロス。

メンマ、アド、テッドの三人もまた、重量級の武器を手にして近接戦を行う覚悟を決めた。

だが、状況は常に動いているものである。

今の【暴食なる深淵】三重攻撃で怒り状態になったのか、グレート・アイランドシェルはホバーを急速に吹かせ加速し、瓦礫もろとも吹き飛ばしながらカウーカ・ウルカの街へと侵入する。

その勢いは止《とど》まることもなく、問答無用で情け容赦なく街全体を蹂躙破壊していく。

「うわぁあああああぁぁぁっ!?」

「もしかして怒らせたんじゃないのかぁ!?」

「死に戻った奴らが潰されたぞ!?」

「誰かぁ、奴を止めろぉ!!」

「どうやって!!」

元より、まとまりのないプレイヤー達は混乱に陥った。

モンスターも身の危険が迫れば逃げもするし反撃もする。

当然、怒りにかられ暴れ回ることもあるのだ。

プレイヤーであればそこを考慮し、予測を立て他のプレイヤーとの戦闘状況を見極め、こうなる事態を想定して動くものなのだが、殲滅魔法の三重攻撃はグレート・アイランドシェルを一気に怒り状態へと引き上げることになってしまったようだ。

まぁ、出だしでいきなり大ダメージを叩き込むことは戦略上でも有効なので、これも一概には間違ってはいない手段ではあるのだが、今回は悪手となってしまったようである。

「ハッハッハ、大混乱だねぇ」

「笑っている場合ですか、どうするんです」

手のつけられない状況になりメンマは頭を抱えた。

「ハッ！　ノコノコと突っ込んできてくれたんだ。あのデカブツの防御をぶち破るしかねぇだろ。

それにしても……連中の無様な姿は笑えるな」

「背中の巻貝に登るのは難しそうだが、やるしかないか……」

「おっ、アド君も腹をくくったかい。みんな、鉤爪《かぎづめ》とロープは持ってるかな？」

「ゲッ!?　まさか……暴れ回っている奴によじ登るつもりかよ、おっさん……」

「ゼロスさんの提案に乗るしかないでしょうね。あの本体に攻撃しても殻の中に身を隠されてはダメージが通らないですし、弱点はたぶんですが……貝殻の内側でしょう」

「ゼロスさん、予備はいくつある？　俺、鉤爪とロープ持ってないんだけど」

「アド君や、鉤爪とフックの両パターンがあるけど、どっちがお好みだい？」

「どっちでもいいよ」

そんな会話をしながら周囲にいるプレイヤー達に鉤爪とロープを手渡していく。

当然有料で、しっかり稼いでいたりする。

「ティアは他のプレイヤーの回復を優先して、アドとカイトとモヤシは僕達についてきてほしい。

ショウユは……埋もれたプレイヤーの救助でもしていてくれないかい？」

「リーダー、俺だけ扱いが酷くね？」

「まぁ、雑魚はさっき一掃しちゃったし、デカブツ相手に盾職の出番は……ねぇ？」

「言うなよ、モヤシ……悲しくなるじゃねぇか。どっちみち機動力がないし、しゃぁねぇか……。ティアを守る役に徹しておく」

「踏み潰されて死に戻りになったりしてな……ケケケ」

「テッド君や、そういうこと言うから友達ができないと僕は思うんだけどねぇ？」

「それじゃぁ、作戦開始」

ティアとショウユを除いた六人は残っていた城壁を駆け上がり、グレート・アイランドシェルが暴れている場所に向かう。

近づくほどにその大きさを痛感させられるが、彼らは上位プレイヤーで巨大モンスターとの戦闘を何度もくぐり抜けており、大方の攻略方法を理解している。

モンスターの種類によって対応方法は大きく変わるが、そのあたりのことは臨機応変に対処していけばよく、誰も気負った様子は見られない。

「おい、こっちに向かってくるぞ！」

「これってチャンスよね」

「カイト、モヤシ、鉤爪を投げる用意！」

「なぁ、リーダー……俺、テッドとゼロスさんがいることに不安を覚えるんだが……」

「あ？　俺様はお前が足を引っ張るんじゃないかと思ってんぞ」

「はいはい、痴話喧嘩は他所《よそ》でやって頂戴ねぇ。ほんと、熱々バカップルなんだからさぁ～」

「「誰が熱々バカップルだぁ、気色悪い!!」」

なんだかんだ息がぴったりな二人であった。

鉤爪を振り回しながら狙いを定めていると、グレート・アイランドシェルの背には既に他のプレイヤーの姿が見られ、なんとか貝殻の表面に取りつこうと奮闘していた。

しかし、激しく動き回っているので弾き飛ばされるか体当たりを受けてしまい、上手《うま》く取りつくことができないでいた。

「そりゃぁ～、同じことを考えるよねぇ」

「爆薬でも仕掛けるつもりなのかぁ～？　だとしたら固定しないと駄目だろうに、あの急勾配《きゅうこうばい》にどうやって固定するつもりなんだか……。ご苦労なこった」

「忘れているようだが、俺達もその苦労をする側なんだけどな……」

「揚げ足を取るんじゃねぇよ、クソ野郎」

「黙れや、馬鹿野郎が！」

またも喧嘩腰になるテッドとアド。

いがみ合う二人を横目にグレート・アイランドシェルがこちらに向かってくる姿を確認すると、ゼロス達は鉤爪のついたロープを振り回しながらタイミングを窺《うかが》う。

そして、眼の前を通り過ぎる瞬間、一斉に鉤爪を投げ放った。

ちょうど巻貝から突き出た突起部分に引っかかり、彼らはターザンのように宙を舞う。

同時にロープを手繰り寄せ、なんとか貝殻部分に取りつくことに成功するが、ここで彼らは異変に気付く。

「ん？　なんだろねぇ……」

「ゼロスさん、この突起部分……振動してませんか!?」

貝殻から突き出した突起はいくつもあり、その先端部分は銃口のように穴が開いていて、そこから勢いよく空気を噴出している。

いや、噴き出る空気の勢いはどんどん増大していた。

「ありゃ……これって、まさか……」

「砲身？」

気付いたときには既に遅く、突起の尖端《せんたん》から何かが高速で撃ち出された。

それも全ての突起から全方位に向けて連続で、だ。

撃ち出されたものはよほど硬質なのか、建物を貫通し、崩れ落ちた城壁を更に破壊し、プレイヤー達を無残なミンチへと変えていく。

幸い、プレイヤーの屍《しかばね》はすぐに復帰ポイントに戻って復活を果たすのだが……カウーカ・ウルカを復帰ポイントに設定していた者はリスポーンした瞬間に再度撃ち抜かれてしまう。

「…………ま、まぁ、プレイヤーの多くがこの街を復帰ポイントにしてましたからね」

「ギャハハハハハ!!　復活した瞬間に殺されるのはどんな気持ち？　なぁ、どんな気持ちなんだぁ？　ブハハハハハハハハハハッ!!」

「テッド……お前、どっちの味方なんだよ」

「人の不幸が大好きだからねぇ…………」

「最低……。絶対にモテないでしょ」

「モヤシに同意。マジもんでクズだな」

テッドの発言にドン引きするアド、モヤシ、カイトの三人。

ゼロスに至っては『まぁ、いつもこんなもんだよ』と慣れきっており、窘《たしな》めるそぶりすら見せない。

「しっかし、何を撃ち出しているのかねぇ？」

「食った奴らの骨を固めて弾丸にしてるんじゃないのか？」

「なんか、嫌よね……それ」

カイトの予想は半分ほど合っていた。

グレート・アイランドシェルは呑《の》み込んだ餌の骨や消化できない石を体内で固め、貝殻の突起部分から放出する弾丸に加工する機能を持っており、ホバー能力を行使するときに吸い込んだ余剰空気を圧縮してその弾丸を空気銃のように撃ち出すのである。

しかもそれが、一般プレイヤーであれば一発で死に戻り確定の威力を持っており、着弾時に砕けた弾が周囲にいる者にダメージを与えるというオマケつきだ。

無差別砲撃なので、運悪く直撃するとかなりきつい。

「まごまごしている暇もないし、高所作業を始めましょうかねぇ」

「高所作業って……。それよりどうやってこのバカでかい貝殻を破壊するんだ？　暴食なる深淵三発分の威力でも亀裂しか入らないほど頑丈なんだぞ」

「そうだねぇ……。ふむ、こいつの貝殻の表面に亀裂が入っている。ここに炸薬《さくやく》でも仕掛けて誘爆させるというのはどうだい？」

「炸薬って……そんなもんがどこにあるんだよ」

「はっはっは、実はガンテツさんから十個ほど試作の爆魔石を預かっていてねぇ、こいつを仕掛けてみようかなぁ～と思うんだけど、どうだい？」

そう言ってゼロスがインベントリーから取り出した手のひらサイズの怪しい魔石。

禍々《まがまが》しいほどに深紅に輝いているところが、なんとも嫌な予感を抱かずにはいられない。

「ガ、ガンテツさんの爆魔石って……」

「それ、威力マシマシなんじゃないの？　あの人は爆発マニアだし……」

「正確には自爆マニアだけどな……」

メンマ、モヤシ、カイトは顔が引きつっていた。

爆魔石を製作した人物がクレイジーなだけに嫌な予感しかしない。

「一個でエクスプロードの三倍の威力はあるって言ってたなぁ～。試しに使ってみてくれと預かったんだけどさぁ～、使い道がないんで困ってたんだよねぇ～」

「そんなものを誘爆させるのか……。俺様達も吹き飛ばねぇか？」

「エクスプロード三倍分って、またとんでもないものを……。つか、仕掛けるにしても、そのサイズの穴を貝殻に開けなきゃ駄目だろ。相当硬いようなんだが……」

ゼロス所有のアイテムのヤバさにテッドも珍しく不安になり、アドはレイドボス攻略の作戦としては妥当と判断したが、それとは別の問題を提示した。

だが、怪しい行商人に抜かりはない。

「チャラララァ～ン、オリハルコン製ツルハシぃ～。あとで返してね」

『『『『せこい……』』』』

返却を前提として全員にツルハシを手渡す。

せこいと言われようがこれは売り物で、使用する以上は耐久値が減るので回収後は中古品扱いとなり、販売時の値段が下がることになる。

ゼロスとしてはこれでも大盤振る舞いだ。

「この亀裂に沿って埋め込めばいいんですよね？」

「そうそう♪　振り落とされないように体を縛りつけながら作業を進めよう。僕とテッド君は下側に仕掛けるから、メンマさん達は上をお願いするよ」

「了解した」

それぞれが手分けし爆魔石を仕掛ける作業を始める。

だが、貝殻に取りついている他のプレイヤー達はというと――――、

「おいおい、ミスリルが含まれているぞ？」

「マジ？　それじゃこのモンスター、動く鉱山じゃねぇか」

「ピッケルしかないのが辛《つら》い……」

「この緑色の鉱石はなんだ？」

「テフライト鉱石じゃないのか？　鉄より軽いけど脆《もろ》いって話だ」

「オリハルコンと混ぜると硬度が上がるって聞いたわよ？」

——採掘作業に夢中だった。

グレート・アイランドシェルの貝殻には多くの貴重な金属物質が含まれており、それを知ったプレイヤー達は、討伐という本来の目的をすっかり忘れていた。

そんな彼らを横目に、ゼロス達は必死に爆魔石を仕掛けていく。

「お〜い、この爆魔石を取ろうとするなよ？　下手に手を出して爆発したら洒落にならんからな」

「爆発物仕掛けてんスか!?」

「やべぇ……近づくのは避けたほうがいいな。面倒なことをしやがって」

「巻き込まれたら洒落にならん。これだからトッププレイヤーは……」

「いや、レイド戦なんだし、このデカブツを倒すためだろ」

カイトが親切に教えてくれているのに、他のプレイヤーからは不満の声があがる。

まぁ、彼らからしてみればレイドボスに取りつけば採掘ができ、ファンタジー世界特有の希少な謎金属が手に入るので、爆発物を仕掛ける上位プレイヤーは今のところ邪魔なだけだ。

そんな彼らにカイトは、『こいつら、爆発に巻き込まれちまえばいいのに……』と、心の底から思った。

「ほい、二個目っと。上の方はどうだい？」

「今仕掛けているところだ。穴から外れないように接着して………」

「これ、上部に行くほど面倒なんですが……。ゼロスさん、もしかしてワザとですか？」

「ハッハッハ、メンマさん、そぉ～んなわけ、ないじゃないか」

「もの凄《すご》く白々しいんですけど……」

爆発物を仕掛けるだけの単調で面倒な作業。

その間も、地上ではグレート・アイランドシェルによる被害が拡大している。

「正確に、的確に、そして安全に！　それが高所作業の重要注意事項さ」

「うおぉあぁぁぁぁぁぁっ!?」

「テッド君、ちゃんと固定しないと地上に真っ逆さまだよ。高所作業を舐《な》めてない？」

「ロープ一本で安全に作業なんてできるかぁ!!　デカブツは動き回るし、足場は安定しない。ついでに急激な勾配まであるときた」

「そんなの、見て分かるじゃないか。ロープも長めのものを使っているんだし、そこは工夫次第でしょ。それなのに安全に作業する方法が思い浮かばないのかい？　普通なら見て分かりそうなものなのに……。君、建築関係のアルバイトすらしたことないの？」

「引きこもりを舐めんなぁ――――っ！」

『『『『テッド（君）……引きこもりだったんだ』』』』

なんか納得できた面々であった。

第十二話　おっさんと突発レイド戦の終局

砂塵《さじん》を巻き上げながら平原を疾走する馬車の集団。

その馬車を後方からもの凄《すご》い勢いで追走し、瞬く間にゴボウ抜きしていく異様な馬車が一両あった。

時に道なき道を走り抜け、時に荷台に乗る客を振り落とし、時に急な段差を大ジャンプで攻略していく暴走馬車。

この暴走馬車を含めたいくつもの馬車がカウーカ・ウルカの街を目指していた。

「追加料金を払うから、もっとぶっ飛ばして！」

「ヒャハハハハハハ、ご機嫌じゃねぇかぁ！　いいぜぇ～、そのリクエストに応えてやんよ。俺ってサービス精神が旺盛だろぉ～？」

「いいね！　思う存分ぶっ飛ばしてくれていいよ」

「お～けぇ～♪　久しぶりに話が分かる奴がいてくれて、俺様のテンションはＭＡＸ！　超特急を超えるほどのハイスピードで、てめぇらを地獄に送り届けてやらぁ!!」

「ヒャッハァ～♪　頼んだよ、あの街に最速で到着できるのは君しかいない！」

「任せろやぁあああああぁぁぁぁっ!!」

「ちょっ……リーダー………俺達を殺す気か!?　これ以上は……ヤベェ………」

ハイスピード・ジョナサンが操る暴走馬車。

荷台にしがみつくガンテツは既に死にそうであった。

しかも現時点でプレイヤーの何人かが荒野に投げ出されている。

「情けないぞ、ガンテツ殿。筋肉が足りぬのだ」

「微動だにしないお前もおかしいぞ、マスク……」

荷台の真ん中で胡坐《あぐら》をかき、激しい揺れにも動じない大男。

十字のスリットが入ったフルフェイスヘルムをかぶる彼の名は、【マスクド・ルネッサンス】。

パワーと防御力を重視している彼は、いかなる攻撃にも耐え、いかなる魔法も跳ね返し、いかなる敵も圧倒的なパワーでねじ伏せる変態――もとい個性派プレイヤーとして名が知れ渡っていた。

「我が筋肉の聖地を脅かす敵は、この筋肉で天誅《てんちゅう》を与えてくれる。待っているがいい……ククク」

『『『聖地って……あの国がかぁ？』』』

多くのプレイヤーから嫌われるカウーカ・ウルカの街も、マスクにとっては筋肉至上信仰の聖地であったが、彼の考えに賛同してくれる者は一人もいなかった。

そんな暴走馬車の横を別の輸送馬車が追い抜いていく。

こちらはハイスピード・ジョナサンの馬車とほぼ同じ速度で走行しているにもかかわらず、なぜか荷台は激しい揺れに全く襲われていない。

乗客達も静かに座っていた。

その中でも一際《ひときわ》目立つのが、帽子から身に纏《まと》うローブまで白を基調とした魔女スタイルのプレイヤー。

そう、殲滅者《せんめつしゃ》の一人であるカノン・カノンである。

馬に魔法薬を使用してのブーストは当然だが、彼女は荷車に対しても【エアロポーション】なる魔法薬を使用し、荷馬車の真下を流れる空気を地面側に向けることで一時的な浮遊効果を持たせ、道の凸凹《でこぼこ》による揺れを完全に防いでいたのである。

必然的に速度も上がるのだが、横滑りには全く抵抗できない欠点があった。

『この速度なら、魔法薬の効果が切れる前には間に合いそうね。グレート・アイランドシェルの粘液……最上位素材ならアタシの魔法薬の効果はもっと上がるはず。フフフ……楽しみだわ。ついでに実験もできるぅ♪』

表情を変えず静かに荷馬車に座る彼女の姿に、同乗のプレイヤー達はひとときのときめきを感じていたが、実際は知識欲という自己中心的な欲望に塗《まみ》れていることを彼らは知らない。

並走する二台の爆走馬車。

「許さねぇ……」

『『『えっ？』』』

ハイテンションだったジョナサンが突然静かに呟《つぶや》いたことに、同乗しているプレイヤーは驚きのあまり声をなくした。

「俺様の馬車と並走するだとぉ、ざけんなぁ!!　街道の走り屋は俺様だけでいい、俺様がナンバーワンだぁ!!　追走ならまだ許せる、俺様の後ろを走っているだけだからなぁ!!　しかぁ～～しっ、並走は駄目だ!!　これはアレだ、推しのロック歌手のコンサートで最高潮に達しているとき、突然横から演歌歌手が歌いながら出てくるような、空気の読めねぇ愚行じゃねぇか!!」

『『『こいつ、なに言ってんの!?』』』

いきり立つハイスピード・ジョナサン。

彼にとっての暴走行為は最高の舞台であり、荷台に乗る客の悲鳴は最高の演奏ができる楽器と同義であり、並走されることは自分の舞台を破壊される行為に等しかった。

「Ｈｅｙ！　俺様の愛《いと》しいジュリエッタちゃん。お前の走りはこんなもんじゃねぇだろ、今から横にいる無粋なクソ馬車に、最高のエンターテイメントがどんなものか教えてやろうじゃねぇか!!」

荷馬車を牽《ひ》くベビーベヒモスに語りかけるジョナサン。

そして彼はテイマー職の特殊能力を発動させる。

「突っ走れ、雷光よりも速く!!　【人獣一体】!!」

テイマー職の基本スキル【人獣一体】。

このスキルはテイマーが馬車やテイムモンスターの騎乗時に発動させることができ、自身の魔力をモンスターに流入させることで身体強化以上のブースト効果を発動させる。

「「「や、やめてくれぇぇぇぇぇぇぇぇぇぇぇぇぇぇぇっ!!」」」

その時、ジョナサンの操る馬車は音速の壁を超えた。

ブーストされた馬車は耐久値をゴリゴリと削りながらも、ルルカ・モ・ツァーレ平原の荒野を一筋の砂塵を巻き上げ駆け抜ける。

乗客の悲鳴を残して。

色々とおかしな連中を乗せ、暴走馬車はカウーカ・ウルカの街へと突き進んでいた。

平原のモンスターを撥《は》ね飛ばしながら……。

◇　◇　◇

戦いが続くカウーカ・ウルカ。

地上や城壁にいるプレイヤー達を蹂躙《じゅうりん》していくグレート・アイランドシェル。

硬い殻が破壊されたところを狙って半透明の本体に攻撃する者もいたが、柔らかい肉質に阻まれ剣や打撃武器が一切通じず、魔法による攻撃も火力不足で大ダメージすら与えられない。

厄介なのが無差別に撃ち出される砲弾だ。

これのせいで高い威力の魔法を使用するためのタメ時間を取ることができない。

時間稼ぎをしようと近接戦を挑むプレイヤー達ではあるが、グレート・アイランドシェルの巨体の前には爪楊枝《つまようじ》で挑んでいるようなもので、タゲを取ることもできず踏み潰《つぶ》される。

「クッソ……どうやったらダメージが通るんだよ！」

「肉質が柔らかすぎる。武器で攻撃しても埋まるだけで、全く効果がないわ……」

「かろうじて雷系の魔法攻撃が通じるようだが、なんかマッサージ程度の効果しかないっぽいんだよな……。嫌になるぜ」

攻撃が有効打にならないプレイヤー達は憔悴《しょうすい》しきっていた。

更に彼らの心をへし折る問題がある。

「うわぁぁぁぁぁぁぁっ!?」

「く、食われるぅぅぅぅぅぅっ!!」

プレイヤーもまた捕食される。

問題なのは半透明な肉質のせいで消化されていく姿が見えてしまうことだった。

「……グロい」

「プレイヤーって死んだら消えるよな？　食われた後、なんですぐに消えないんだ？　おかしいだろ……」

「運営側の仕様だろ。リアリティを追求して、俺達の精神を砕きにきてるんだ」

「ただいま……。あっ、俺の身体……まだ消化してるんだ」

「自分のアバターが消化されている光景を見せられるなんて、凄《すご》く嫌よね」

プレイヤーは消化され始めた時点で死亡が確定し、死亡して一定時間が経過すると復帰ポイントにリスポーンすることになるのだが、前のアバターが消化される時間と復活するときの時間差のせいで、自分が溶かされる姿を見る羽目になる。

しかも、あまりにリアルなせいで気分が悪くなるのだ。

ホラーなどのグロい映画好きなら耐えられるだろうが、苦手な者はログアウトする始末で、戦力が徐々に減り始めていた。

戦っても手応えがないのだから諦める者も出てくるのは仕方のないことだ。

その中でなんとか状況を打開しようとしていた【趣味を貫き深みに嵌《は》まる】と【豚骨《とんこつ》チャーシュー大盛り】のメンバー。

「これで最後……っと」

「爆魔石は仕掛け終わった。上はどうだぁ～リーダー」

「あと二個です。揺れが酷《ひど》くて……なかなか………」

「まぁ、巨大生物が動いてますしねぇ、手早く作業することは難しいでしょ。ゆっくりと仕掛けてください」

「……今、こいつを誘爆させたらどうなるか、見てぇ」

「「「やるなよ!?」」」

「そう言われると、無性にやりたくなるんだよ。俺様は」

嫌がらせ大好きなテッドは、爆魔石を誘爆させる誘惑と戦っていた。

誘爆すればレイド戦の勝利は遠のくが自分は満足する。

しかし、実行した時点で多くのプレイヤーから恨まれ、下手をすると懇意にしている生産職からも顰蹙《ひんしゅく》を買うことになり、今後のプレイに影響を及ぼしかねない。

まぁ、恨まれるのは今さらなので別にかまわないが、その噂《うわさ》のせいで生産職から出入りを禁止されるのは困る。

「爆破してぇ……くそ、俺様はどうしたらいいんだ！」

「君……もしかして火災報知機のボタンを押したくなるタイプかい？」

「ガンテツさんの作った自爆ボタンなら何度でも押していいぞ。他人を巻き込まなければどこでも好きなだけ自爆しろや」

「なんで、一人で自爆しなきゃならねぇんだよ。自爆は他人を巻き込むからいいんじゃねぇか」

「「最低だなぁ～……」」

自己中な言い分に引くメンマとアド。

テッドが【趣味を貫き深みに嵌まる】のパーティーにいる理由は、ガンテツの自爆に対するロマンに共感する部分があるからで、それ以外の部分では全く意見が合うことはない。

そもそも全員が趣味人の集まりであり、勝手に行動する者達で好き勝手に遊んでいるだけで、元より仲間意識というものを持ち合わせていないのだ。

ゼロス達の唯一の繋《つな》がりをあえて言うのであれば、それは共感《シンパシー》であろう。

そもそも彼らはパーティーすら組む必要性がないのだが、ひっきりなしに来るパーティーやクランの勧誘を邪魔に思い、偶然五人揃《そろ》ったときに『だったら僕達でパーティーを組んじゃおうよ』というケモさんの一言で結束した経緯がある。

彼らの基本スタンスは『必要なら手を貸すけどメンバーの邪魔はしない』であった。

「ゼロスさん、設置が完了しました！」

「よっし、それじゃ～爆破といきますかねぇ」

「なぁ、このデカブツ……下から渦状に空気を吐き出してんぞ？」

「『ま、まさか……』」

貝殻に取りついて作業していたためグレート・アイランドシェルの行動に気が回っていなかった。

巨体の回転が急速に上がっていく。

「マズイ!?」

「振り落とされるぞ!!」

「うわぁぁぁぁぁぁぁっ!?」

命綱をつけていなかったプレイヤー達は強烈な遠心力によって弾《はじ》き飛ばされていく。

ロープで固定していた者達も、まるで遊園地に設置された回転ブランコのような状態で、回転速度が上がるにつれて顔色が悪くなっていった。

もしここでグレート・アイランドシェルが回転を止めれば、振り子運動の要領で貝殻に叩《たた》きつけられ絶命は必至だ。命綱が逆に命取りになってしまう。

鉤爪やフックが外れて飛ばされたプレイヤーはむしろ運が良かったとも言える。

「どぉおっ!?」

「きゃぁ!?」

「しまったぁ!?」

「ゼロスさん!　テッドのクソ野郎とモヤシとリーダーが吹っ飛んだぞ!?」

「こっちも……きついんですがねぇ」

「な、マズ……うわぁぁぁぁぁぁぁっ!!」

カイトも弾き飛ばされ、残るはゼロスとアドだけになってしまった。

なんとか踏ん張っている二人であったが、回転速度がピークに達した瞬間ついに限界に達し、ほどなくして他の仲間と同じ道を辿《たど》ることとなる。

まぁ、既に多くのプレイヤーがリタイアしている中では頑張ったほうではある。

『このままだとダメージは確実…………なら、被害を最小限にするために……』

ゼロスの着地地点には半壊した二階建ての民家があった。

何もしなければ頭から突っ込むところであったが、ゼロスは空中で回転すると足元に魔法障壁を展開し、タイミングを見計らいエクスプロードを撃ち込んで、その爆風で落下速度を軽減する。

傍《はた》から見れば爆発に飛び込んでいくようであった。

「おふっ…………着地成功」

無事に地上に下りられたゼロスは、グレート・アイランドシェルを見上げる。

貝殻には血で赤く染まった痕跡が残されているが、おそらく勢いよく叩きつけられ死に戻ったプレイヤーの名残であろう。

「つか……どうやって爆魔石を爆破しようかねぇ？」

ビルの八階くらいの本体の上に、更に全身を覆い隠す巨大な貝殻。

そこに再び取りつくのは一苦労である。

というか、同じ手が通用するとは思えない。

この手のレイド戦においてレイドモンスターは学習し、再び取りつかれないよう対策を打ち出してくるのだ。

巨大モンスターの割に頭がいいのである。

「魔法攻撃で誘爆を狙うしかないかぁ～……」

相も変わらずＮＰＣ《ノンプレイヤーキャラクター》やプレイヤーを無差別に捕食し続けているグレート・アイランドシェルだが、サザエを彷彿《ほうふつ》させる貝殻の突起部から、今度は半透明な液体がしたたり落ちていた。

それを確認したゼロスは、『あの突起物……砲撃以外のこともできるんだなぁ～』などと暢気《のんき》に思っていたが、地上にいる者達はその液体が何であるかを知ることになる。

「な、なんだよ、この液体……足が………」

「接着剤………いや、これって……」

「ＵＶ硬化レジン液みたいな……」

突起からしたたり落ちている体液が、太陽光が当たった瞬間から硬質化していき、最後はコンクリート並みの強度に固まった。

そんな特殊な性質を持つ体液は、落下し地面で高範囲に広がり、太陽光によって粘着度が増すことで周囲の生物の行動を阻害し、次々に行動不能に陥らせていく。

運悪く全身にかぶってしまった者は、既に身動きできないまでに固まっていた。

そんな不運な者達をグレート・アイランドシェルは容赦なく潰していく。

「く、来るな……来るなぁ!!　ぎゃぶ……」

「触手の数が増えてるじゃねぇか！」

「逃げろぉ！　一度距離を置いて態勢を整えるんだぁ！」

「こ、これで四度目……たぁすけてくれぇぇぇぇぇぇぇ……」

プレイヤーを捕食するたびにグレート・アイランドシェルはどんどん強くなっていった。

触手が増え動きも素早く攻撃も的確で、それなりのレベルであるプレイヤー達ですら逃げ切れない。攻撃は単調なのに、だ。

『まぁ、あの触手が粘着質なヌルヌル体液に塗れていることも、彼らが逃げられない原因ではあると思うが……』

そう、触手は接着剤顔負けの粘着物質で覆われており、一度の攻撃で五人ほどのプレイヤーを捕獲し、少なくとも二人は確実に捕食しているのだ。

「復活しても食われるし……もしかして、奴にとっては凄くいい餌場なんじゃないのか？　エンドレスのデスループじゃねぇか」

「レベルアップもしているようだから、その予想は正しいんじゃないかな。それよりも無事だったんだねぇ、アド君や……。僕はてっきり奴の腹の中かと思っていたよ」

「……リーダーとテッドが、さっき食われたぞ」

「メンマさんはともかく、テッド君は人の不幸を笑うから……」

「天罰だな」

テッドに関しては誰も同情しなかった。

それよりも問題なのは、グレート・アイランドシェルに仕掛けた爆魔石をどうやって爆破するかだ。

魔法攻撃のためにわずかに残った城壁に上がろうとすれば真っ先に触手に狙われてしまう。

今やプレイヤー達は地上に釘付《くぎづ》けにされ、一方的に蹂躙される立場だ。

コケモモ教やフンモモ教の信徒達のことを笑えない。

「どうしよっかねぇ、手がつけられないほど暴れまくってんよ」

「魔法で爆魔石を誘爆させるにも奴《やっこ》さんはデカすぎる。地上からでは射程の問題から魔法が届かないし、あの貝殻にもう一度登らなきゃならない」

「動く山を登るようなものだからねぇ。今度は本気で振り落とすと思うんだよ」

ゼロス達先発のプレイヤー達には、もう態勢を整えるだけの余裕はなくなっていた。

こんなことならフル装備にしとくべきだったとゼロスは後悔する。

そんなときだった。

「フハハハハハハハハハハ!!」

どこからともなく響いてくる笑い声。

「筋肉の聖地を蹂躙する邪悪な生物よ。貴様のその悪行、たとえ細マッチョが許しても、俺の筋肉が許さん！」

崩れた城壁の上に立つ、謎の男の影。

その影は天高く飛び上がると、グレート・アイランドシェルの貝殻に向けて跳躍した。

「鳥か!?」

「マッチョかっ⁉」

「いや、不自然な体形の体色が緑色化したアメコミヒーローかっ⁉」

「いや、違う……奴は……」

頭をフルフェイスヘルムで覆い、両腕に巨大な盾のごときガントレットを嵌め、上半身を除いて腰や足をフルプレート装備で固めた筋肉お化けであった。

そのシールドガントレットを構えると、グレート・アイランドシェルの貝殻を目掛け勢いのまま単身突っ込んでいくが、サザエのような突起部分から放出される砲弾の弾幕を浴びせられた。

直撃は受けずとも、掠《かす》めただけでもダメージが増えるなか、彼は空中で大気を震撼《しんかん》させるような叫びをあげる。

「俺は……俺の名は、ムゥアスクドォォォォォォォォ、ルネッサァァァァァァンスッ‼　この程度の攻撃などぉ、俺の筋肉の前では無意味だぁあああああぁぁぁぁぁぁっ‼」

貝殻の上部に叩きつけたシールドガントレット。

同時に、爆発音とともに内蔵されたパイルバンカーが撃ち出される。

「「あっ…………」」

間抜けな声を漏らすゼロスとアド。

それもそのはずで、採掘していたプレイヤーの中にゼロス達と同様に手持ちの炸薬《さくやく》を仕掛ける者達も少なからずいたようで、意図せず爆魔石の起爆が成功し、二人の目の前で連鎖爆発が発生する。

マスクド・ルネッサンスは途轍《とてつ》もない破壊力を秘めた爆発に包まれた。

「マスクさん……死んだかねぇ？」

「あんな危険物を武器に仕掛けるつもりだったのかよ、ガンテツさん……」

「爆発のショックでデカブツさんも行動を停止したようだし、このあたりで装備変更でもしておきますか。メニュー画面を開いてっと……」

「装備設定って便利だよな。選択アイコンで早着替えできるしって、最強フル装備かよ」

「なんか、下手すると死んじゃいそうなんで……。最初からこっちにしておけばよかったよ」

頭の帽子からつま先に至るまで、全身漆黒の魔導士がそこにいた。

黒凱《こくがい》龍や黒龍王といった希少ドラゴンの素材で作られた魔導士専用装備で、その姿はダークファンタジー系の狩人か、あるいは暗黒の邪神官のようだ。

【趣味を貫き深みに嵌まる】のメンバーは、それぞれがこうした専用装備を所持しているのだが、そこから放たれる攻撃的な威圧感は半端なものではない。

上位プレイヤーである殲滅者に憧れる者も多く、専用装備を真似たレプリカ品が出回るほどだが、見た目の評判は良いが性能の面でオリジナル品とは素材の差で決定的な開きがあった。

実はこのレイド戦に参加したプレイヤーの中にも、何人かレプリカ品を装備していた者達がいたのだが、残念ながら見た目とは裏腹に無様な姿をさらしていたのを目撃していたりする。

「酷い目に遭いました……それにしてもあの爆発、以前に比べて威力が五倍近くありましたよね？」

「おや、メンマさん。もう復活したので？」

「リターンするまで少々時間が掛かりましたけどね。おっと……」

爆風で飛び散った貝殻の破片を避《よ》けながらメンマが戻ってきた。

グレート・アイランドシェルもよほどのダメージを受けたのか、今は動きを停止していた。

「フハハハハ、見たか吾輩の筋肉の力を！」

「「「「爆発はアンタの攻撃でじゃねぇから」」」」

「「「「筋肉は関係ねぇだろ！」」」」

立ち込める煙と炎の中から姿を現し誇らしくも高らかにドヤるマスクに、その場にいたプレイヤー全員がツッコんだ。

それよりも、かなりの威力の爆発に巻き込まれたというのに、一切ダメージを受けていないことにツッコミを入れるべきである。

「……酷い状況ね」

「おろ、カノンさんじゃないですか」

「ゼロスさんも派手にやっているようね」

到着早々、目の前の惨状を見てそんな言葉を吐くカノン。

この場に不釣り合いな、上品ないでたちの白ローブに身を包んでいる。

「レイド戦に参加だなんて珍しいですねぇ」

「報酬素材が気になったから。それより、みんな死に戻ったせいでデスペナルティがかかっているわね。今こそアタシの魔法薬の出番よ」

「バフ効果でブーストですか。戦力的に心許《こころもと》ないので、ここは一つ派手にお願いしますよ。多少の副作用はこの際大目に見ますんで」

「任せて、大盤振る舞いするわ。うふふふ♡」

何も知らなければ魅力的な微笑《ほほえ》みも、カノンの本性を知ってしまえば悪魔の嘲笑《ちょうしょう》に早変わりだ。

上機嫌のカノンはインベントリーから無数の試験管を取り出し、他のプレイヤーに向けて適当に投げまくる。

ゼロスとしてはこれが劇薬でないことを祈るばかりだ。

「おっ？　おぉおおぉっ!?」

「デスペナが、回復している!?」

「いや、回復しているどころか、これはブーストされているだとぉ!?」

試験管が割れて気化した魔法薬が、その絶大な効果を発揮するたびにプレイヤー達の歓喜の声があがる。

なにしろダウンした元のステータスを戻しただけでなく、一・五倍ほど各能力がパワーアップしているのだ。

ついでにペナルティで減ったＨＰも完全回復だ。

「ありゃりゃ～？　これはもしかして終局が近いのかな……」

「おいしいところを持ってきゃいいだろ、リーダー。プレイヤー側もどうやら苦戦していたようだしな」

「おや、ケモさんとガンテツさんもご到着ですか？」

カノンに続き、ケモさんとガンテツもやってきた。

白マスクで表情は分からないが、その口調からテンションの高さが伝わってくるケモさん。

外骨格で偽装した長身魔導士の姿だった。

「間に合うかどうかが問題だったようだけど、援軍が間に合いそうだよ？　後続も後から来ているからね。ところでテッドは？　確か南大陸に来ていたはずだけど、レイド戦には参加していないのかな？」

「彼は…………あのデカブツに食べられて…クッ、お亡くなりに…………」

「そいつは…………おかしい奴を亡くしたな。まだ若《わけ》ぇのに残念だ」

「うん……主に頭が、ね。今は彼の冥福を祈ろう」

「不思議とかわいそうとは思えないわ。これも人徳がないからなのかしら？」

「生きてるわぁ、勝手に俺様を殺すんじゃやねぇよ!!」

そう軽口を叩く五人。

【黒の殲滅者】――サイレントデストロイヤー【ゼロス・マーリン】。

【青の殲滅者】――自爆マニア【ガンテツ】。

【赤の殲滅者】――ケモミミ・モフモフの伝道師【ケモ・ラビューン】。

【白の殲滅者】――ケミカルテロリスト【カノン・カノン】。

【緑の殲滅者】――地獄の傀儡《くぐつ》師【テッド・デッド】。

殲滅者と呼ばれる【趣味を貫き深みに嵌まる】のメンバー全員が戦場に揃った。

一方、グレート・アイランドシェルが動きを停止している間にも、死亡したプレイヤーが次々と戻ってきており、これで戦力的には優位になったように見えるが、彼らはペナルティでステータス能力値が一時的に低下している。

カノンが魔法薬で回復させたのは、彼らよりも早く復活を果たした者達であり、後から復活した者達に効果が及ばないのは仕方がない。

今回は何度も死亡を重ねているプレイヤーも多く、このデスペナ効果は現実の時間で数日間は維持されたままとなるはずなのだが、今回はカノンがいた。

「仕方がないわね。今度はさっきのやつよりも高い効果のものを使わせてもらうわよ」

「「「どうぞ、どうぞ」」」

「そこの子達、この効果を確かめさせてもらうわ！」

『『『あ～……やっぱり人体実験だった……』』』

カノンが投げつけた試作の魔法薬により、次々とデスペナから復活を果たしていくプレイヤー達。

だが、これはあくまでも魔法薬による一時的なブーストのため、時間経過で効果を失えばまた元の低下した状態に戻ってしまう。

そもそも死に戻りプレイヤー全てに魔法薬の効果が行き渡るとは限らないのだ。

これがレイド戦でどのような影響が出てしまうのかは分からない。

「ケモさん、後続はどれくらいの時間で到着しそうですか？」

「う～ん、あと二十分ってところかな。僕はジョナサンに運んでもらったから……」

「普通の運送馬車をあの暴走馬車と比べるのは酷か……。後続プレイヤーは間に合うのかねぇ？」

「結構ギリギリだと思う。それまで僕達がなんとかもたせるしかないね。あのレイドボス、中堅から下のプレイヤーにはきっついでしょ」

「俺様達のような装備も持っていないだろうしな。他の連中はＮＰＣ共より少しばかり上等な紙装甲と爪楊枝で、必死に移動要塞《ようさい》の相手をしているようなもんだろ」

「こっちが先に瓦解するかも……。何人か上位プレイヤーの姿も見たけどさ、今のままじゃ確実に押し切られるわね」

「プレイヤーは基本的にまとまりがねぇからな」

ガンテツの言うことは正しい。

プレイヤー達はそれぞれのパーティーが勝手に戦闘を行っており、ＭＭＯＲＰＧを題材にしたアニメのようにプレイヤー組織《クラン》同士で協力し合い、軍団規模による統率の取れた集団戦闘を行うわけではない。

そんなものは所詮《しょせん》空想の中での話で、現実のプレイヤーはどこまでも自由で身勝手なのである。

「他の連中を巻き込んででも、少しでも多くデカブツのＨＰを削るしかねぇわな」

「それ、テッド君が他人の不幸を見たいだけなんじゃないかい？」

「そういえばガンテツさん、アタシが乗った馬車を追い抜いていったのに、なぜ後から現れたのかしら？　もしかして出番が来るタイミングでも計っていたの？」

「マスクの奴が崩れた城壁に上がりたがってよぉ、手伝ってたら遅れちまったんだよ。なにが『ヒーローは颯爽《さっそう》と登場するものである！』だ。余計な手間かけさせやがって……」

「ハイハイ、お喋《しゃべ》りはここまでだよ。どうやら後続が来るのを待つ必要もないかもしれない」

「「「――と、言いますと？」」」

「なんか、弱点ぽい部位が見えるんだけど、あそこに攻撃を集中させれば、もしかしたら一気に決着がつけられるかもね」

ケモさんが指をさす方向に視線を向けると、貝殻に大穴が開き内臓らしきものを露出させたグレート・アイランドシェルの姿があった。

気のせいか、なにやら酒を飲みたくなるようないい匂いも辺りに漂い始めている。

「なんか、サザエが食べたくなってきた。レイド戦が終わったらログアウトして、市場に買いにでも行こうかなぁ～」

「ゼロスさん……あんな気色の悪いものが食えるのか？　俺、巻貝のあの緑色した臓器部分が嫌いなんだよな～。苦いし……」

「俺様は牡蠣《かき》も嫌いだな。白いヌメッとした肉質の中に、緑色の物体があるんだぞ？　フライにしても慣れることがねぇぞ」

「あはは、アドさんもテッドも貝類は嫌いかい？　僕は大好きだよ。生でもフライでも美味《おい》しく食べられるね。あの味が分からないなんて、二人ともお子ちゃまだなぁ～」

「「リーダー《ケモさん》にだけは言われたくねぇ!!」」

普段は少年アバターで行動もクソガキのケモさんからお子ちゃま呼ばわりされるのは、さすがに二人も看過できない侮辱だった。

それ以上に同類扱いされたくもない。

そんな殲滅者達のやり取りを見ていた他のプレイヤー達は――、

「おい……アレ………」

「まさか、殲滅者か!? 隠者《ゼロス》も来てやがったのかよ」

「う、嘘《うそ》でしょ!? こんな……終盤にまで来て……」

「全員……揃ってやがる………」

「「「「もう駄目だぁ、お終《しま》いだぁあああああぁぁぁぁぁぁっ!!」」」」

「「「「失礼じゃない?」」」」

――頼もしいと思うどころか恐怖に顔を歪《ゆが》ませていた。

普通であれば、有名な上位プレイヤーが参加していることは歓迎されるところなのだが、殲滅者と呼ばれるゼロス達はレイド戦において、実はかなりの外道プレイヤーとして有名なのである。

それを知るプレイヤー達にとっては悪夢でしかない。

混乱する戦場で何をされるか分からないがゆえに、彼らは恐慌状態に陥ったのである。

「……ともかく、今のうちに大技をあそこにぶち込めば終わるのかねぇ?」

「そうなんじゃない? ロッククライミングして登ろうとしてるプレイヤーもいるみたいだし、このままだと先を越されちゃうんだけど」

「目ざといねぇ〜。それよりもケモさん、僕達もあそこに向かいますか? 動き出されたら多分死にますけど」

「う〜ん、僕らは無事な城壁から魔導士らしく魔法で援護すればいいんじゃない？　もちろん射程範囲に近づかなければならないけどね」

「俺はちょっくらデカブツの上に行ってくるわ。試したい武器があるからよぉ」

『『どうせ自爆武器でしょ……』』

嬉々《きき》としてグレート・アイランドシェルへと向かって走っていくガンテツを見送り、ゼロス達は援護射撃をするべく城壁の上に移動する。

「僕達は地上でタゲ取りします」

「ってことは、ここからは別行動か。魔導士らしく今回は援護に徹するね」

「ハハハ……僕達ごと吹き飛ばさないでくださいね、ケモさん」

「善処するよ。保証はできないけど」

豚骨チャーシューのメンバーともここで別行動になった。

階段も崩された状況下でなんとか城壁の上を目指すケモさん、カノン、ゼロス、テッドの四人であったが、魔法の射程距離としてはかなりギリギリで、ここで攻撃魔法を使ってもダメージがどれだけ与えられるのか不明であった。

幸い弱点らしき臓器が剥《む》き出し状態なので、そこに最大威力の攻撃魔法を撃ち込めばなんとかなりそうな予感はあるが、同時に『また他のプレイヤーから恨まれるんだろうなぁ〜』という予想も感じ取っていた。

「……にしても、あのデカブツ………動き出す様子がねぇな」

「う～ん、ガンテツさんの爆弾で全身が麻痺《まひ》してるんじゃないかい？　凄い威力だったからねぇ」

「なら、今がＨＰを削る最大のチャンスだね。ここからなら多少の犠牲はありそうだけど攻撃魔法を撃ち込めるよ。さっそくだけどいくよぉ～、【プロミネンス・ノヴァ】！」

「んじゃ、【エクスプロード】」

「くたばれぇ、【グラビティ・ノヴァ】‼」

「防御力を下げるわ。デバフポーションのナンバー40から57まで、食らいなさい‼」

高熱量圧縮によってプラズマ化した大火球と超重力圧縮力場、申し訳程度の威力の範囲魔法が曝《さら》け出された弱点部位に叩き込まれた。

その威力は凄《すさ》まじく、武器でチクチク弱点部位を突《つつ》いていた他のプレイヤーをも巻き込み、ガンテツの爆魔石以上の威力が解放され、その猛威はグレート・アイランドシェルのＨＰバーを一気に削り取った。

全員がレベル１０００超えなこともあり、中堅魔導士と比べて威力がケタ違いだ。

ちなみにカノンが使用したデバフポーションの数字だが、試作で名前がないためナンバーで呼んでいるだけである。番号自体は、インベントリーに入っている順番だったり、作った順番だったりと、深い意味はない。

「お～……やっぱ貝殻を破壊することが攻略条件だったのか」

「部位破壊はハンターゲームのお約束だね☆」

「残りも、じゃんじゃんいくぜぇ～」

「デバフポーションの効果が表れるのは、もう少し先のようね。対象が大きすぎて効き目が分からないわね……。それに、攻撃役が勢揃《せいぞろ》いしているから、アタシは回復役に専念するわ」

更に攻撃を続けようとした四人であったが、魔法を発動させようとした瞬間、足元に一本の矢が刺さった。

「「「「おや？」」」」

そして大爆発。

ゼロス達のＨＰも半分まで削られてしまった。

「てめぇら、俺が実験する前に攻撃魔法をぶっ込んでくるんじゃねぇ!!　ぶっ殺すぞ!!」

貝殻の上でガンテツが叫んでいた。

実験前に攻撃魔法を使われたのが腹立たしかったらしく、その苛立《いらだ》ちからゼロス達を攻撃してきたようだ。

それにしても恐ろしく威力の高い攻撃である。

「忘れてた……。ガンテツさんは実験を前にすると人格が過激になるんだった」

「なんでただの矢による攻撃で、こんな馬鹿げた威力が出せたんだよ」

「それは自爆による威力効果と、撃ち込まれた矢が自壊する瞬間に発生する衝撃波をエネルギー変換して相乗効果で増幅し、周囲の敵に大ダメージを加える仕様だからだよ。こんな術式をどこから見つけてきたんだか……。ガンテツさんもやるもんだよね」

『『それ、物理的にありえる効果なのか？』』

魔法による効果は時として物理法則ではありえない効果を発揮する。

ガンテツはそうしたありえない法則性を調べ上げたうえで、自爆攻撃という一点に集約させて武器を作るためか、その威力は想像以上に高いものになる。

ゼロスとしては、この非常識な物理現象を否定している側だが、威力を追求するガンテツのその情熱は認めていた。それでも納得できないものはできないのだが……。

その自爆に命を懸けるガンテツは、試作品であろう巨大なアックスを取り出すと両手で振り上げ、剥き出しの弱点部位に叩き込もうとしていた。

シンプルなデザインのアックスだが、よく見るとゼロス達が見覚えのある魔石がいくつも組み込まれているのが確認できる。

嫌な予感がした。

「あれ、爆破に使った爆魔石じゃ……」

「発動状態のようだね。すんごく禍々《まがまが》しい発光をしているよ。これは……ヤバいかな？」

「逃げたほうがいいんじゃねぇか？」

「あら、マスクさんだわ」

「「「えっ!?」」」

ガンテツが自爆武器を今にも振り下ろそうとしている瞬間、マスクド・ルネッサンスが高らかに笑いながら、シールドガントレットに搭載されたパイルバンカーを撃ち込もうとしていた。

こちらもまたガントレットから危険な発光色が漏れ出している。

「自爆は、芸術だぁああああああぁぁぁぁぁぁあっ!!」

「正義を込めた筋肉の猛《たけ》る一撃、その身に刻むがいいっ!!」


――カッ!!

二人の武器がグレート・アイランドシェルの弱点に突き刺さった瞬間、まばゆい光が周囲を包み込んだ。

――DoGoOOOOOooooooooooooooooN!!


同時に耳を劈《つんざ》くような轟音《ごうおん》と爆風が周囲に広がる。

咄嗟《とっさ》にその場で伏せたゼロス達であったが、彼らのいる城壁そのものが耐久値の限界を迎えたのか、音を立てて崩れ去った。

「威力がヤバすぎるでしょおおおおおぉぉぉぉぉぉぉっ!!」

「さすが、ガンテツさんだね。瞬間的に発生した破壊力を一瞬だけ術式で収束させ、凝縮された破壊力を倍の威力として周囲に拡散させているようだ。見なよ、巨大サザエのＨＰバーが残り三分の一になってるよ。凄いよね」

「あの……リーダー………。アタシ達、今吹き飛ばされているんだけど………」

「あんな刹那《せつな》の瞬間に術式を展開させるような真似、俺様にはできねぇわ……。素直に感心するぜ」

落下中の四人は意外に元気だった。

しかしながら、今の超ド級の爆発によって弱点狙いのプレイヤーも巻き込まれており、その原因でもあるガンテツとマスクは死亡していたりする。

戻ってくるまで時間が掛かりそうだった。

「これだから、ガンテツさんと一緒に行動するのは嫌なのよ。爆発に巻き込まれるだけだし」

「ガンテツさん、味方を減らしてどうするつもりだったんですかねぇ？」

「あの人のことだから、きっと何も考えてねぇだろ」

「こちらの最大戦力が二人も減っちゃったよ。もう少し考えて使ってほしい武器だったね」

「「「いや、アレは武器じゃねぇ（じゃない）だろ（でしょ）」」」

自爆前提の武器などただの特攻兵器だ。

しかも最高戦力の一人であるマスクド・ルネッサンスも道連れときた。

もっとも、彼も内蔵パイルバンカーを撃ち込んでいたこともあり、危険人物の前にのこのこ出ていった時点で同情の余地はない。

運が悪かっただけである。

軽口を叩き合いながらも彼らは空中でカノン謹製のポーションを使い、ＨＰをフル回復し地上へと着地する。

着地地点は、先ほどより少しばかり後方の位置だった。

「これ、地上のプレイヤーにも影響が出ているんじゃ？」

「僕達のＨＰを削り取るほどだから、相当にヤバい威力だよ。ガンテツさんの情熱は凄いよね、これほどの爆発力を生み出したなんて信じられないよ。あははは」

「本気で『死ぬときはやっぱり自爆だ』と言い切るほどの美学を持っているから、威力をとことん追求するんだろうねぇ。それよりも味方の戦力を低下させちゃったけど、どうしようね」

「躊躇《ちゅうちょ》なく俺様達ごと消し飛ばそうとしやがったけどな」

「それなら大丈夫なんじゃないかしら？　ほら……」

何気にカノンの視線の先に目をやると、砂塵が舞い上がっている光景が目に留まる。

どうやら援軍が到着しているようだが、予定時間は二十分後と聞いていたので思っていたよりも早い。

そして速い。

「……なぁ、確か援軍が到着するのに二十分は掛かるとか言ってなかったか？　まだ十分も経《た》ってないんだが……」

「もしかして、バフをかけて馬車の速度を強制的に上げているんじゃないかい？　そう考えないと、どっかの暴走馬車のような速度を出すなんて無理だ」

「ゼロスさんの予想は正しいんじゃないかな。ほら、もう既に馬車の先頭が見えてきたよ」

「無茶しやがる。事故ったらどうするつもりなんだ」

「……それ、ここに来るときにアタシがやってたわ」

「「ま、まさか……」」

おそらくカノンがバフアイテムを輸送馬車の馬に使用したところを目撃され、その情報がフレンドチャットで拡散・共有されて援軍バフ馬車集団の誕生に繋がった可能性が高い。

だが、このバフ馬車の運用にはそれなりのテクニックが必要だ。

この世界でも物理法則は普通に作用しており、あたり前だが速度を上げれば上げるほど停車には相応の慣性が働く。

つまり、カウーカ・ウルカの街の目の前で止まるには、事前にしっかりと速度を落としてから停車しなくてはならないのだ。

しかし、現在馬車は集団で走行しており、先頭馬車は後方馬車が減速しない限り速度を落とすことも停止することもできない。

そういったことに気付けない御者は思い思いに減速を行い……この先は言わなくても分かるだろう。

「「「うわぁあああああああぁぁぁぁぁっ!?」」」

案の定、大惨事に陥っていた。

しかも後続が次々と突っ込んでくる玉突き事故。

「事前に速度を落としなさいよ。馬鹿ね……」

「…………うっわ。さすがに俺様でも、これは笑えねぇわ」

「馬が止まれても、荷馬車は急に止まれないからねぇ」

「御者さんが飛んでいってるけど？　街に入らないと復帰ポイントの変更はできないから、プレイヤーも死に戻ったら元の地点からやり直しだね。何をしに来たんだか……」

急いで来たまではいいが、レイド戦参加前にリタイアなど情けなさすぎる。

少なくともレイド戦の参加アイテムは貰《もら》えるのだから、レイドボスに食われてやられるほうがマシだろう。

そんな後発プレイヤー達に更なる不幸が襲いかかる。

「なんだぁ!?」

「チッ、こんなときにレイドボスが……うわぁああああぁぁぁっ!?」

かろうじて残されていた城門を破壊して、麻痺から回復したグレート・アイランドシェルが活動を再開し、ホバー移動による高速移動を行いながら次々と増援組を捕食していく。

背中の貝殻は半分ほどの大きさに破壊され、弱点部位であった中の臓器は消滅していた。

しかし、プレイヤーを捕食するたびにグレート・アイランドシェルのＨＰバーはわずかずつ回復しており、このまま捕食が続けば完全復活される可能性が高かった。

「あの化け物……内臓がねぇのにどうやって消化してんだ？」

「もしかして、スライムに近い生物なんじゃないのかな？　アレがいた場所は地底湖だったし、同種のスポンジシェルと比べると生体構造がどう考えても異なる気がする」

「ゼロスさんの推測が正しいとすると、臓器は食べられないものを消化するための使い捨てパーツで、本体は半透明のナメクジみたいな身体だってことかな？」

「進化の過程でスライムの特性を獲得したのか、あるいはスライムから進化したのか……。どちらにしても生命力が強い部分だけが残されたってことだねぇ。おそらく切り離し可能な生態パーツで構成されている生物なんだと思う」

「うへぇ、マジかよ」

つまりは巻貝のような生物に見えて、実はナメクジ型のスライムに近い軟体生物だったということだ。

事実、砕けた貝殻の隙間《すきま》からスライムと同種の核らしきものが見え隠れしていた。

圧倒的な防御力や攻撃力はこの核を守るためのものだったのだろう。

暢気に会話している間にも、目の先では阿鼻《あび》叫喚《きょうかん》の地獄絵図が繰り広げられていた。

「なんか、収拾がつかない事態になったから、さっさとケリをつけちゃおうか。せっかくここまで来たんだから、それなりに活躍しないとね」

「それ、他の連中を巻き込むことになるんじゃねぇのか？　俺様は別にいいんだが、おっさんはそのあたりのことに細かいだろ」

「まぁね。悪名が広がるとさぁ～、色々と商売がやりにくくなるんだよ」

「別にいいんじゃない？」

「そう言うなら、拠点に溜《た》まりまくった在庫を処分してほしいよねぇ。僕だけで売り捌《さば》くのにも限界があるんだよ。ケモさんとカノンさん、テッド君のアイテムがほとんどなんだし」

ゼロスの一言に顔を逸《そ》らすケモさんとテッド。

ケモミミ基準のアイテムと呪われた装飾品ばかりをそれぞれ創り出す二人は、自爆はするけど武器として使えるガンテツの装備アイテムに比べ、マニアックすぎて誰も買おうとはしないのだ。

皮肉なことに、この二人のアイテムを購入するのはＰＫ《プレーヤーキラー》職の人達ばかりで、主に嫌がらせグッズとして使われることが多かった。

「おっと、このままだと全滅しちゃうね。助けに行かないと」

「俺様もアンデッドコレクションを全滅させられた恨みを晴らさないとな……」

「う〜ん、どうやらさっきアタシが投げたデバフポーション、効果が出ているみたいね。今なら一気に大ダメージを与えられるんじゃない？」

この場にゼロスを残し、逃げ惑うプレイヤー達を援護するためグレート・アイランドシェルに向かって走り出していった三人の背中を、ゼロスは溜息《ためいき》を吐《つ》きながら『あの三人に任せればすぐにカタがつくでしょ』と悟り、撤収準備を始めるのであった。

◇ ◇ ◇

対グレート・アイランドシェルのレイド戦は終盤を迎えていた。

死に戻ったプレイヤー達はジョブの特性など無視しひたすらゾンビ戦法で突撃し、生き残っている魔導士達はマナ・ポーションを使用しながら突撃する彼らを魔法で援護している。

援軍のプレイヤー達も戦闘に加わっており、手堅く攻撃を与えていた。

しかしながら大きいことはそれだけで有利であり、捕食によってHPを回復するので拮抗《きっこう》状態になりつつあり、巨大生物とプレイヤーの間で一進一退の攻防が繰り広げられていた。

「は～い、さっさと回復してレイドボスに挑んでちょうだいな」

「こ、これは………」

「凄い回復力だ！　こ、これ……な、ら…………」

「イケ……イケイケ……イケェッ！　ウケケケケケケケケケケ!!」

「キモチィイイイイィィィィィィィィィィッ!!」

「ナメエ、ナメナメ……ナメクジィイイイィィィィッ!!　キャハハハハハハハハッ♡」

『……この試作品、駄目ね。低迷状態に錯乱、ついでにエクスタシー？　状態異常でも多少は理性が残っているならマシだったんだけど、暴走するのはいただけないわ。ゼロスさんも煩《うるさ》いことだし、残りの試作品はここで全部消費しちゃいましょう』

カノンは疲弊した他のプレイヤー達を回復して回っていたが、サポートとは名ばかりの人体実験を繰り返し、ついでに在庫処分も行っていた。

疲弊状態からは間違いなく回復しているのだが、そのかわり副作用による精神暴走によってデタラメな攻撃を行うようになってしまい、もはや囮《おとり》役程度にしかならなかった。

死に戻っても同じことが繰り返される悪夢が延々と続く。

「クッソ、決め手がねえぞ！」

「誰か、大技でもぶち込んでくれないかな……」

「待たせたな！」

「あっ、アンタは……」

盾と一体化したガントレットを装備する巨漢の男が颯爽と現れた。

そして両手を前に構え守りを固めると、そのままグレート・アイランドシェル目掛けて突っ込んでいく。

「食らうがよい！　マスクドォオォォォォオ、インパクトォオオオオオォォォォォォオッ!!」

両腕のパイルバンカーで全属性魔力を至近距離で叩き込むと、その魔力がグレート・アイランドシェルの内部で解放され暴力的なまでの破壊力となって炸裂《さくれつ》し、柔軟な肉質を周辺にまき散らした。

そこへ再び現れたガンテツが金棒を振り上げ、マスクが抉《えぐ》った傷口に狙いを定め振り下ろす。

「死ねやぁ、このデカブツがぁ!!」

本日二度目の自爆。

これにより残りHPを表す三本バーの残り一本が半分にまで減っていった。

グレート・アイランドシェルの傷口は更に抉れることとなった。

「最後のHPバーが残り半分を切ったぞ！」

「攻撃の手を休めるなぁ、死ぬ気で叩き込めぇ!!」

「遅れてきた分、ここで一気に稼ぐわよ！」

「くっそ、また食われたぞ！」

「捕食でＨＰ回復は狡《ずる》いだろ!!」

ガンテツの自爆攻撃によって戦局はプレイヤー側へ有利に傾いたが、グレート・アイランドシェルの捕食ＨＰ回復が厄介で、せっかくＨＰバーを削ってもすぐに巻き返されてしまう。

こうなると誰かが再度強力な攻撃を叩き込まなければじり貧だ。

わずかに残されたＨＰ、それを削り取るのが至難となっていた。

「おう、マスクよ。まだイケるか？」

「おっ、ガンテツ殿。自爆したのではなかったのかね？」

「自爆検証のやりすぎで残りがないが、【身代わり人形】くらいは用意してんぜ。あと二つだが、手持ちの武器（自爆）も二つ残しているからちょうどいい。ここで使わせてもらうぜ」

【身代わり人形】とは、自爆を含むダメージを人形に肩代わりさせることができるアイテムで、効果が発動すると粉々に砕け散る。

こういった呪術系のアイテムは呪術師や死霊術師《ネクロマンサー》が得意とする分野で、今回のも以前にテッドが製作したものだ。

「俺は切り札を使ってしまった。残る手段は威力が心許ない技しかないのだが、これには少々時間が掛かる」

「溜め攻撃か？　時間くらいは稼いでやるぜ？」

「ありがたい、ぜひ時間稼ぎを頼む」

「任せろや」

マスクが魔力を込め始めると、ガンテツは彼の前に立ちインベントリーから巨大な剣を取り出し携えた。

そこへ粘着液で捕まったプレイヤーごと巨大な触手が迫りくる。

ガンテツが大剣の魔力を解放すると、剣身は眩《まばゆ》いばかりの金色の光を放った。

「まずは一本、プレイヤーごと触手を切断！」

「ぎゃぁあああぁぁぁっ！　ひ、酷でぇ……」

次がくると判断したガンテツは駆け出し、迫る触手に向けて大剣を水平に薙《な》ぎ払う。

「二本目、邪魔なプレイヤーごと触手を両断！」

「ふざけんなぁああああああぁぁぁぁっ!!」

更にもう一本の触手が迫るなか、手にした大剣の輝きはより一層増した。

「三本目、俺を含めたプレイヤーを触手ごと大・自・爆!!」

「「「ブルアァァァァァァァァァァッ!?」」」

周囲のプレイヤーを巻き込み、巨大な触手は爆発の威力によってちぎれ飛んだ。

大勢を巻き込んでおきながらガンテツは身代わり人形で再度生き残った。

その間にもマスクの魔力は一気に膨れ上がる。

「エクセレントだ、ガンテツ殿。俺の準備はできたぞ！　ここで一気に倒しきる！」

「おう、さっさと決めてこいや！」

そう言ってマスクは全力で走り出す。

『ガンテツ殿、それに他のプレイヤー達よ。君達の熱きマッスルスピリッツを吾輩は忘れない……』

なぜかガンテツを含めたプレイヤー達の笑顔がマスクの脳裏をよぎっていく。

「食らうがいい、筋肉の聖地を蹂躙せしめし邪悪な生物よ‼」

マスクの全身が黄金色の輝きを放つ。

この技は射程距離が短く、より確実に大ダメージを与えるにはゼロ距離で放つしかない。

群がる触手を捌き――、

捕獲されたプレイヤーごと振るわれる触手攻撃を、身をかがめてやり過ごし――、

振り廻《まわ》されるプレイヤーが落とした武器の雨の中をかいくぐり――、

前進を続けるほどにダメージを負いながら――、

マスクは駆け抜けた。

そしてグレート・アイランドシェルの胴体にまで辿り着くと、柔らかい肉質の外皮を掴《つか》み、全身に蓄えられた膨大な魔力を一気に解き放つ。

「必殺！　マスクドォオオオォッ、フィイイイィィィイバァアアァァァアァアアァッ‼」

魔力は膨大な熱量を伴い、ゼロ距離からグレート・アイランドシェルに向けて放たれ、その威力は反対側にまで貫通する。

全身から灼熱の魔力光を放つ大技だった。

それでも仕留めるまでには至らず、グレート・アイランドシェルのＨＰは若干残っていた。

「クッ……届かなかったか……すまない」

「もう少しで倒せそうだよ！」

「トドメを刺してやんぜ！」

「おぉ、ケモさんとテッド君がいくのかい」

「「【暴食なる深淵《しんえん》】!!」」

『『『『あっ……』』』』

——ＺＵＧＯＧＯＧＯＧＯＧＯＧＯＧＯＧＯＧＯＧＯＧｏｇｏｇｏｇｏｇｏｇｏ!!

超重力崩壊魔法の暴虐な破壊力が、グレート・アイランドシェルとプレイヤーをまとめて消し飛ばした。

同時にグレート・アイランドシェルのＨＰバーはゼロとなる。

『ワールドアナウンス——グレート・アイランドシェルが討伐されました。これにより突発レイド戦は終了します。集計に入り、参加したプレイヤーには後日報酬をお送りします。ご苦労様』

尋常ではない破壊をもたらしたレイド戦は、こうして終了した。

『探索クエスト【水枯渇の謎を追え】が完了しました。これによりチェンダ・ムーマの水不足は解消されていくことになります。報酬は【水神の水晶華】、【マウルの水苔《みずごけ》】、【スポンジシェルの貝殻】、【貝類のヌルヌル粘液】となります。ローションプレイはほどほどに、ご苦労様でした』

「こっちも終わったか……って、誰がローションプレイなんてするか！」

探索クエストが終了したが、システムメッセージはいちいち余計なボケをかましてくる。

傍から見ると盛大な独り言をしているように見えるので大変困る。

レイド戦が終わってみれば、その結果は散々なものであった。

アモン・コッケとカウーカ・ウルカの街は事実上の壊滅。

最後の最大出力の暴食なる深淵により完全に消し飛び、復興作業という生産職の一大イベントさえできそうにない有様。

まぁ、元からプレイヤーから嫌われていた街なだけに、おそらくは誰も復興させようとは考えないので問題はなさそうだが。

「栄枯盛衰は世の常というけれど、この光景はどちらかというと諸行無常かねぇ」

残されたのは崩壊を免れた一部の城壁と、元は家屋であった瓦礫《がれき》の山。そして盛大に開いたクレーターのごとき殲滅魔法の爪痕《つめあと》だけだ。

そのクレーターの中心から水が湧き出していることが、ＮＰＣにとって最低限の慰めだろう。

この平原では水は貴重なのだから。

「クエストも終わったし、この後はどうしようかなぁ……」

一人旅は面白いが、当てもなく放浪するのも今回のことで問題があると思ったゼロス。

これからどうしようかと悩んでいたところにガンテツが近づいてきた。

「おう、旦那。終わったな」

「ガンテツさん、お疲れ。派手な自爆だったねぇ……生きてるけど」

「おう、いいデータが取れたぜ。他人に使わせるにはもっと威力を高めたほうがいいな」

「充分すぎると思うけど？」

ひと仕事終えたといった表情でそう言うガンテツ。

ときおりゼロスは、ガンテツが嫌がらせのために自爆武器を作っているのではないかと疑いを持つことがある。

もちろん本人にそんな気は全くないことは知っている。

だが、どうしても疑いを持ってしまうような行動を起こしているのが彼なのだ。

「終わってみりゃぁ、ヒデェ有様だな。生産職が復興に来ると思うか？」

「無理でしょ。ここの連中は今までプレイヤーを舐《な》めた態度で散々扱《こ》き使ってきたからねぇ、生産職達も『ここを復興させるくらいなら、俺達は別の土地で街を築くぜ』って言うに決まっていますよ。事実上は見捨てられた街さ」

「まぁ、当然だわな。しかし少しばかり残念だ。復興させるなら自爆装置を街に仕込めるのによぉ」

「街ごと消し飛ぶ自爆装置かぁ～、それはロマンがありますねぇ」

「だろ♪」

コケモモ教とフンモモ教の信徒NPCはルルカ・モ・ツァーレ平原に存在しており、いつかはこの地に集まり復興させるかもしれない。

そんなタチの悪いNPCを自爆装置によって殲滅する。

ゼロスは実に良い手だと思ったが口には出さなかった。

「ところで旦那、これからの予定はあんのか？」

「ないねぇ、ちょうどこの後の予定を考えてたところだし」

「ならよぉ、ちょいと今から世界樹まで採掘に付き合ってくれねぇか？　材料が底をついたんで手伝ってほしいんだわ」

「ん～、いいですよ。あ～、でも今日はさすがに疲れたんで、明日でもいいですか？」

「おう、んじゃ明日でいいわ。世界樹の街、【ブルーフォレスト】まで付き合ってくれや」

ブルーフォレストは世界樹の麓《ふもと》にある小さな街だ。

エルフが住み着いている静かな街だが、そこで採掘や採取できる素材アイテムは生産職にとっては垂涎《すいぜん》ものが多く、同時にPK職にも襲われやすい危険地帯でもあった。

まぁ、二人にとっては庭のような場所でもあるが。

「じゃ、今日はもうログアウトしますよ」

「祝勝会には参加しないのか？」

「いやぁ～、どうせケモさんが他の連中を巻き込んでケモミミ尻尾化しようとするんでしょ？　巻き込まれる前に退散するさ」

「それが賢明だな。んじゃ、俺もログアウトするか」

「お疲れさん」

「大したことはしてなかったけどな」

こうしてゼロスの突発レイド戦は終了した。

翌日、二人は合流し、一路ブルーフォレストを目指すことになる。

しかし、この南大陸は思っているよりも遥《はる》かに過酷な土地であり、辿り着くまでにいくつもの困難に襲われることになるのだが、ここでは割愛させていただく。

ただ一つ言えることは、【ソード・アンド・ソーサリス】の世界《フィールド》は異常なまでに広いのだ。

◇　◇　◇

神域では【ソード・アンド・ソーサリス・ワールド】の観測が続けられていた。

モニターに映し出されているのはプレイヤーと呼ばれる候補者達の状態で、そのどれもがグリーンの文字で正常であることが示されているが、中にはブルーの文字のプレイヤーも存在している。

「……精神操作から逃れようとしている者達がいますね」

「さすがに参加者全員の認識を操作するのには無理があったか」

「逆に言うと、候補者としては相応《ふさわ》しいとも言えますけどね。精神力が強いということですから」

異世界からもたらされた情報によって構築された新世界。

不要な惑星をいくつか潰し、その物質を利用して再構築された世界は、ボイドと呼ばれる暗黒の宇宙の中に存在していた。

いくつもの空間障壁で本来あるべき世界から隔絶され、神々も自由に降りることができる娯楽地であり、同時に異世界へと送り込む刺客を育てるための箱庭だ。

急造されたこの世界はわずか十数年の間に創造され、データ収集を終えた今も来《きた》る日に備えて観測が続けられている。

「イミテーションゴッドの様子はどうです？　攻略した者はいますか？」

「遭遇はしたようですが、プレイヤーは全て一撃で全滅させられてますね。記録では数分はもった方々もいたようですけど」

「あ～……創造主様の率いるパーティーのことですね。あそこは例外なのでは？」

「ですが、そのメンバーの中に候補者が一人います。有力候補ですよ」

「その人物のデータを出してください」

モニターに映し出されたのは、【大迫《おおさこ》　聡《さとし》】の個人データだった。

生まれてからどんな人生を辿り今に至るか、用意された世界でどんな行動をしてきたのか、その詳細がモニターへと映し出されていく。

その内容は――一言で言うなら異常だった。

いや、異常な活動をしている者達は大勢いるが、その誰もが【ソード・アンド・ソーサリス】という世界に対して疑問を持っていない。

疑問を持たないように認識を操作され、この世界がゲームであると強く思い込まされている。

言い方が悪いが洗脳が施された状態だ。

だが、【大迫　聡】はこの洗脳から外れようとしていた。

これは彼の魂レベルが自分達天使に近いことを示していることに他ならない。

「……彼の魂は零落でもしない限り、あと数回転生すれば我ら神々の領域へと昇華するレベルに達するのに、よりにもよって候補者なのか」

「こんなことに利用されるのは、なんだかもったいないですよね」

「仕方がないでしょう。このままでは我々の宇宙が崩壊の危機なんですから」

いくつもの次元を超えた異世界で、周囲の数千世界を巻き込みかねない時空の歪みが観測された。

他の世界の神々と協力し原因を究明した結果、ある世界で短期間に幾度も時空に穴を開ける現象が確認される。

異世界召喚の行使によって作られた穴だ。

その世界には観測者の姿はなく、高度に構築されたシステムをたいした処理能力もない亜神が管理しているという、実にふざけた世界だと分かった。

いや、正確には観測者は存在しているのだが、その反応があまりにも弱いので、念入りに調べた結果、どうやら封印されていることも判明。

その間にも異世界人の召喚は行われ続けていた。

このまま放置すれば隣接する世界同士がぶつかり合い、対消滅《ついしょうめつ》の余波で次元崩壊を引き起こし、数多《あまた》の世界が消滅しかねない。

最悪の結果を防ぐために、異世界へ送るに相応しい候補者の選定を始めたのだが、異世界を渡るにはかなり強力な力を秘めた魂の持ち主でなくてはならず、今も作業は継続して行われていた。

色々とあったが準備は整いつつあり、あとは候補者が揃うのを待つばかりというところまで状況は進んだが、天使達には納得いかないものがあった。

「カードはこちらに揃っている。問題があるとすれば……」

「選ばれた者達が、向こうで想定通りに動いてくれるとは限らないことですかね」

「ええ、我《が》が強いと『俺、TSUEEEE』しかねませんから……」

「失敗が許されないのだから、それでは困るんですよ」

「でも、環境適応能力が高く、それでいて良識を持った人間って……難しくないですか？」

「観測者の復活を実行するような人間なんて、それこそ人格が歪んでいるとしか思えませんからね。良識を持っていながらも人格が歪んでいるって、この時点で矛盾もいいところです」

「人格破綻者かサイコパスですよ。それにしたって、彼は本当に惜しい……」

観測者や天使達は、知的生命体の魂が昇華し、高次元存在へと進化することを望んでいる。

要は自分達の領域へ辿り着ける者を待ち望んでいた。

そんな覚醒前の良質な魂を他の次元宇宙に送り込むなど、それこそ断腸の想《おも》いなのだろう。

「この候補者を送り込むのは本当にもったいない。あの世界全域には大規模な思考調整を行っているのに、微《かす》かにですが目の前の現実に対して疑問を感じているんですよ？　見てくださいよ、この霊核波の動きを！　つまり、彼の魂は私達に近い存在になりかけているってことじゃないですか。あと一億年ほど転生期間があれば、魂の昇華が始まる確率が高いのに……」

「私も惜しいとは感じています。ですが、これも命令ですから……」

上司の命令には逆らえない。

天使達も所詮は中間管理職だった。

「創造主様はどう見ておられるのですか？」

「ルシフェル様やミカエル様から聞いた話では、『是非もなし』とのことです。我々の次元宇宙が崩壊しては元も子もないですからね」

「魂を回収するプログラムの完成を急がないとなりません……」

「えっ？　アレって完成していませんでしたか？　報告でも確か……」

「後になって深刻なエラーが見つかったんですよ。今も再調整で担当部署の天使達が必死に作業中です。向こうの摂理が妙に揺らぎすぎていて、プログラムに誤差が生じたとか。データを精査していた我々の苦労っていったい……」

「他の次元世界から調整もせずランダムで無差別召喚などするから……」

全てはそれが原因だった。

数多の次元世界を巻き込んだ崩壊の回避。

その日を迎えるまで、天使や神々の忙しい日々は続く。

しかし、【ソード・アンド・ソーサリス】のプレイヤー達がこの真実を知ることはない。

いや、全宇宙に存在する数多の知的生命体もまた知る由もなかった。

神々の苦労が報われる日はまだ遠い。

アラフォー賢者の異世界生活日記ZERO

—ソード・アンド・ソーサリス・ワールド—

巻末付録 アラフォー賢者の異世界生活日記 ZERO

【殲滅者】ステータス大公開

一般プレイヤーから憧れ、そして恐れられ嫌われている廃プレイヤー【殲滅者】。そんな彼らのカンストだらけのステータスを大公開～♪

ゼロス・マーリン

種族　人間
レベル　1879
職業　大賢者

HP　87594503／87594503
MP　17932458／17932458

職業スキル
魔導賢神Max　錬金神Max　鍛冶神Max　薬神Max
魔装具神Max　剣神Max　槍神Max　拳神Max
狩神Max　暗殺神Max　料理85／100
農耕56／100　酪農24／100

身体スキル
全異常耐性Max　全魔導属性Max　属性耐性Max
身体強化Max　防御力強化Max　魔力強化Max
魔力操作Max　魔導の極限Max　武道の極致Max
生産の極みMax　鑑定Max　霊視Max　看破Max
暗視Max　隠密Max　索敵Max　警戒Max
鉱物探査Max　植物探査Max　気配察知Max
気配遮断Max　魔力察知Max　製作補正Max
解体補正Max　強化改造補正Max　自動翻訳Max
自動解読Max　自動筆記Max　魔物辞典Max
素材辞典Max　限界突破Max　臨界突破Max
極限突破Max

個人スキル
マーリンの魔導書Max　アイテム製作レシピMax
亜空間倉庫Max

カノン・カノン

種族　ハイ・エルフ
レベル　1705　職業　大賢者

HP　78483577／78483577
MP　15029449／15029449

職業スキル
薬神Max　錬金神Max　天鞭神Max　槍神Max　天杖神Max
魔導賢神Max　農耕神Max　狩神Max　弓神Max

身体スキル
全魔法属性Max　全異常耐性Max　魔力強化Max　身体強化Max　生産の極みMax
武の極みMax　魔力操作Max　鑑定Max　気配察知Max　隠密Max　暗視Max　採取Max
採掘Max　霊視Max　看破Max　警戒Max　植物探査Max　鉱物探査Max　自動筆記Max
自動翻訳Max　自動解読Max　気配遮断Max　魔力遮断Max　魔物辞典Max
植物辞典Max　限界突破Max　臨界突破Max　極限突破Max

個人スキル
カノンの魔法薬レシピMax　亜空間倉庫Max　生者の書—
薬神契約—　大地母神の祝福—　大精霊の加護—

テッド・デッド

種族　人間
レベル　1608　職業　大賢者

HP　57039247／57039247
MP　16048721／16048721

職業スキル
魔導邪神Max　陰陽神Max　神仙人Max　魔法神Max　剣神Max　槍神Max　天杖神Max
錬金神Lv88　拳神Max　傀儡師Max　魔呪薬師Max　呪術師Max　降霊術師Max　死霊術師Max

身体スキル
全魔法属性Max　魔力強化Max　魔力耐性Max　霊視Max　鑑定Max　冥府魔導Max
身体強化Max　全異常耐性Max　隠密Max　暗視Max　索敵Max　鉱物探査Max
看破Max　植物探査Max　自動筆記Max　自動翻訳Max　生産の極意Max　屍鬼魂縛Max
死魂汚染Max　呪詛耐性Max　瘴気耐性Max　冒涜の極みMax　警戒Max　呪具制作の極意Max
魔力操作Max　限界突破Max　臨界突破Max　極限突破Max

個人スキル
邪神契約—　テッドのゾンビレシピLv63　テッドの生産レシピLv89　冥界神の加護—　冥府の扉—
反魂外法—　ネクロノミコン—　嫉妬の魂百まで—　死者の書—　万象流転—　外法召喚—
外道への誘いLv62　逆恨みの道化師—　人を呪わば、下がれば一つ。進めば二つ—

ガンテツ

種族　ドワーフ
レベル　1907　職業　大賢者

HP　90075921／90075921
MP　18784790／18784790

職業スキル
鍛冶神Max　剣神Max　槍神Max　拳神Max　轟棍神Max　弓神Max　天鞭神Max　天杖神Max
轟鎚神Max　魔法神Max　轟斧神Max　錬金神Max　魔装具神Max　魔導具神Max

身体スキル
武道の極致Max　身体強化Max　生産の極みMax　鑑定Max　採掘Max　採取Max　鉱物探査Max
六属性魔法Max　全異常耐性Max　魔力強化Max　植物探査Max　索敵Max　隠密Max　看破Max
暗視Max　魔力操作Max　霊視Max　波状の極意Max　乾坤一擲Max　一鎚入魂Max　彫金Max
木工Max　魔物辞典Max　植物辞典Max　自爆の極意Max　限界突破Max　臨界突破Max
極限突破Max

個人スキル
ガンテツの武器設計図Max　亜空間倉庫Max　爆弾魔Max　特攻野郎Max
復讐者Max　ドワーフの英雄―　軍神の加護―　鍛冶神の加護―

ケモ・ラビューン

[redacted]

unknown

[redacted]

アラフォー賢《けん》者《じゃ》の異《い》世《せ》界《かい》生《せい》活《かつ》日《にっ》記《き》 ZERO -ソード・アンド・ソーサリス・ワールド- 1

2023年8月25日　初版第一刷発行

著者　寿安清
発行者　山下直久
発行　株式会社KADOKAWA
〒102-8177　東京都千代田区富士見2-13-3
0570-002-301（ナビダイヤル）
印刷・製本　株式会社広済堂ネクスト
ISBN 978-4-04-682763-0 C0093

企画　株式会社フロンティアワークス
担当編集　中村吉論／佐藤裕（株式会社フロンティアワークス）
ブックデザイン　Pic/kel（鈴木佳成）
デザインフォーマット　AFTERGLOW
イラスト　ジョンディー

ファンレター、作品のご感想をお待ちしています

宛先
〒102-0071　東京都千代田区富士見 2-13-12
株式会社 KADOKAWA　MFブックス編集部気付
「寿安清先生」係「ジョンディー先生」係

二次元コードまたはURLをご利用の上
右記のパスワードを入力してアンケートにご協力ください。

https://kdq.jp/mfb
パスワード
ewsju

● PC・スマートフォンにも対応しております（一部対応していない機種もございます）。
●アンケートにご協力頂きますと、作者書き下ろしの「こぼれ話」が WEB で読めます。
●サイトにアクセスする際や、登録・メール送信時にかかる通信費はご負担ください。
● 2023 年 8 月時点の情報です。やむを得ない事情により公開を中断・終了する場合があります。

好評発売中!!

毎月25日発売

盾の勇者の成り上がり ①～㉒
著：アネコユサギ／イラスト：弥南せいら
極上の異世界リベンジファンタジー！

槍の勇者のやり直し ①～③
著：アネコユサギ／イラスト：弥南せいら
『盾の勇者の成り上がり』待望のスピンオフ、ついにスタート!!

フェアリーテイル・クロニクル ～空気読まない異世界ライフ～ ①～⑳
著：埴輪星人／イラスト：ｒｉｃｃｉ
ヘタレ男と美少女が綴るモノづくり系異世界ファンタジー！

春菜ちゃん、がんばる？ フェアリーテイル・クロニクル ①～⑩
著：埴輪星人／イラスト：ｒｉｃｃｉ
日本と異世界で春菜ちゃん、がんばる？

無職転生 ～異世界行ったら本気だす～ ①～㉖
著：理不尽な孫の手／イラスト：シロタカ
アニメ化!! 究極の大河転生ファンタジー！

無職転生 ～異世界行ったら本気だす～ スペシャルブック
著：理不尽な孫の手／イラスト：シロタカ
本編完結記念！ 豪華コンテンツを収録したファン必読の一冊!!

無職転生 ～蛇足編～ ①
著：理不尽な孫の手／イラスト：シロタカ
無職転生、番外編。激闘のその後の物語。

八男って、それはないでしょう！ ①～㉗
著：Y・A／イラスト：藤ちょこ
富と地位、苦難と女難の物語

八男って、それはないでしょう！ みそっかす ①
著：Y・A／イラスト：藤ちょこ
ヴェルと愉快な仲間たちの黎明期を全編書き下ろしでお届け！

異世界薬局 ①～⑨
著：高山理図／イラスト：keepout
異世界チート×現代薬学。人助けファンタジー、本日開業！

魔導具師ダリヤはうつむかない ～今日から自由な職人ライフ～ ①～⑧
著：甘岸久弥／イラスト：景
魔法のあふれる異世界で、自由気ままなものづくりスタート！

服飾師ルチアはあきらめない ～今日から始める幸服計画～ ①～②
著：甘岸久弥／イラスト：雨壱絵穹／キャラクター原案：景
いつか王都を素敵な服で埋め尽くす、幸服計画スタート！

アラフォー賢者の異世界生活日記 ①～⑱
著：寿安清／イラスト：ジョンディー
40歳おっさん、ゲームの能力を引き継いで異世界に転生す！

アラフォー賢者の異世界生活日記 ZERO －ソード・アンド・ソーサリス・ワールド－ ①
著：寿安清／イラスト：ジョンディー
アラフォーおっさん、VRRPG《ソード・アンド・ソーサリス》で大冒険！

呪われた龍にくちづけを ①～②
著：綾東乙／イラスト：春が野かおる
仕えるのは〝呪い〟を抱えた美少年!? 秘密だらけな中華ファンタジー！

回復職の悪役令嬢 エピソード ①～③
著：ぷにちゃん／イラスト：緋原ヨウ
シナリオから解放された元悪役令嬢の自由な冒険者ライフスタート！